Le Parnasse
Reformé.

LE PARNASSE REFORMÉ

SECONDE EDITION,

Reveuë, corrigée, & augmentée.

A PARIS,

Chez THOMAS IOLLY, au Palais, en la Salle des Merciers, au coin de la Galerie des Prisonniers, à la Palme & au Armes de Holande.

M. DC. LXIX.

Avec Privilege du Roy.

A MONSIEVR,

MONSIEVR

L'ABBE' DESROCHES.

ONSIEVR,

Vous croyez peut-estre pour avoir passé les Alpes que

vous estes hors la portée des Epistres Dédicatoires, & vous dormez en sureté à Rome contre tous les desseins qu'on fait à Paris sur vous : Cependant quand vous devriez m'opposer le droit des Gens, ie vous troubleray dans un Pays étranger, & mon Livre vous ira chercher iusques dans le milieu de la Cour du Pape. Ie ne voy rien qui puisse m'en empécher; vous estes trop honneste homme pour vous plaindre de cette surprise, Sa Sainteté aime trop les belles Lettres pour m'en vouloir mal, & Apollon qui a si long-temps demeuré dans la vieille Rome, sera bien aise de voir son Parnasse dans la nouvelle. Vous y avez emmené plus d'une Muse avec vous, & comme ces Savantes Sœurs ont tousiours vécu dans une union tres étroite, elles seront ravies de se reioindre. Ie vous envoye celles qui nous sont restées pour vous escorter à vostre retour: Si vous m'en croiez, vous les ramenerez bien tost en triomphe dans Paris, & vous ne les accoustumerez pas à l'air d'Italie. Ie ſçay bien que le rang que vous tenez dans l'Egliſe vous fait conſiderer Rome comme voſtre centre ; Mais ſongez que plus d'un Diocese vous regarde, ſongez que vous devez un Eveſque à voſtre Famille, & que tous les honneſtes gens vous demandent. Seriez-vous bien d'humeur à les faire attendre pour revenir mieux coiffé que vous ne l'eſtiez en partant : Si cela eſt, ie vous prie d'avoir pitié d'eux ; contentez-vous de poſſeder, quant à present, & par la naissance & par le merite toutes les Vertus Cardinales, & venez prendre en France une Mytre, iusques à ce que l'Italie vous donne un Chapeau. Si vous n'aviez point esté sourd aux prieres de tant d'illustres personnes qui vous appellent, mon Livre n'auroit pas fait un si grand voyage, mais mon zele auroit paru moins ardent : L'éloignement donne du prix à ma Dédicace, & c'est un grand avantage pour mes respects d'al-

ler à trois cent lieuës vous aßurer que ie ſuis,

MONSIEVR,

Vôtre tres-humble, & tres-obeïſſant ſerviteur

LE PARNASSE REFORMÉ.

AVSSI-TOST que le Soleil eut repris ses forces, & que l'Hyver eut fait place aux premiers jours du Printemps, je resolus de quitter la Ville, qui commençoit à me devenir ennuyeuse, & je m'en allay à la campagne, où la nature renaissante appelloit ma curiosité.

Je me levois tous les jours avant le Soleil; j'aimois à voir monter ce bel Astre sur nôtre Horizon; j'étudiois toutes les beautez de l'Aurore, & repaſſant en mon eſprit les deſcriptions que nos Poëtes en ont faites, je joüiſſois tout enſemble des graces de l'art & de celles de la nature.

De ce divertiſſement dont je regrettois ſans ceſſe le peu de durée, je paſſois à celuy que l'on reçoit à conſiderer les fleurs. Je me promenois dans un parterre tout couvert des plus belles & des plus rares, & je remarquois dans la diverſité de leurs couleurs, une peinture naïve de ce que l'Aurore a de plus charmant.

Quelquefois je prenois plaiſir d'aller entretenir mes penſées dans l'obſcurité d'un bois, où le ſilence n'étoit interrompu que par l'agreable chant des oiſeaux ; & ſouvent je me repoſois prés d'une fontaine, dont le doux murmure inſinuoit un charme ſecret dans tous mes ſens.

Un jour que l'on m'avoit envoyé une critique ſur quelques livres nouveaux, j'en allay faire la lecture ſur le bord de cette fontaine, mais la cheûte continuelle de ſes eaux m'ayant inſenſiblement aſſoupy, je m'abandonnay au ſommeil.

En cet état je fis un ſonge conforme aux choſes que je venois de lire; & cette critique curieuſe avoit frappé ſi agreablement mon imagination, qu'elle donna lieu à une réverie toute de litterature & de bel eſprit.

Je m'imaginay que j'étois dans une campagne riante, au milieu de laquelle s'élevoit une montagne, d'où ſans ceſſe je voyois monter & deſcendre pluſieurs perſonnes.

A peine eus-je fait quelques pas pour m'en approcher, que tout à coup, & avec un étonnement qui me ſaiſit, j'apperceus Gombault qui venoit à moy. Il ſemble, dit-il en m'abordant, que vous ne connoiſſiez point ces lieux, & que vous ſoyez ſurpris de m'y rencontrer. Vous êtes, pourſuivit-il, au pays des Muſes, & la montagne que vous voyez eſt le Parnaſſe.

A ces mots de Muſes & de Parnaſſe tous mes ſens ſe raſſeurerent. Je ſentis en moy-même une joye ſecrette de cette heureuſe avanture, & je fus ravi de trouver cette occaſion favorable pour apprendre un pays que je n'avois encore veu que dans les Fables & dans les Romans.

Ce jour-là le Parnaſſe étoit en deſordre; tous les rangs en étoient troublez, & il paroiſſoit de loin qu'Apollon étoit occupé à entendre les plaintes de pluſieurs perſonnes qui l'environnoient.

Je priay Gombault de me dire qui étoient ceux qui couvroient toute cette Montagne, & de m'expliquer le ſujet de leurs plaintes: Mais comme il me témoigna qu'il étoit bien aiſe que je luy appriſſe auparavant des nouvelles de nôtre Monde, je luy parlay de cette ſorte.

Puiſque vous deſirez, luy dis-je, que je commence, ſachez que tout eſt bien changé maintenant dans la Republique des belles Lettres. La guerre eſt allumée entre les Auteurs ; l'Academie est divisée, le schisme est parmi les beaux esprits, & si Apollon n'a pitié de ses enfans, adieu tous leurs Lauriers & toute leur Gloire.

Un Livre, ou deux tout au plus, sont cause de cette division ; c'est ce qui met aujourd'huy le feu dans les esprits, & deux plumes satyriques taillent de la besoigne à toutes les autres.

Alors je l'entretins de quelques livres nouveaux : Je luy en dis ce que ma memoire en avoit pû retenir; & quoyque j'eusse bien souhaité d'en apprendre son sentiment, l'empressement que j'avois de savoir les grandes affaires qui sembloient se remüer sur le Parnasse, ne me permit pas de m'en éclaircir, de sorte que luy-même s'appercevant de l'impatience où j'estois, rompit tout d'un coup cet entretien; & apres m'avoir remercié d'un air obligeant, Venez, me dit-il, & je vous placeray en un endroit d'où vous pourrez observer ce qui se doit passer en ces lieux. Apollon a resolu de reformer aujourd'huy tout le Parnasse ; & c'est pour cela qu'il a fait assembler tout ce Monde que vous voyez.

A peine fûmes-nous arrivez au pied de cette Montagne, que j'entendis fort distinctement la voix d'un homme qui se plaignoit du peu de fidelité qu'on avoit apportée à la traduction de ses ouvrages. J'appris de Gombault que c'étoit Polybe qui parloit pour luy & pour plusieurs autres Historiens qui l'accompagnoient.

Il disoit qu'afin de consoler l'ignorance de ceux qui ne les pouvoient pas lire dans leurs langues naturelles, on les auoit traduits en François, où non seulement on les rendoit barbares, mais où même on les faisoit paroistre tout mutilez. Il ajoûtoit qu'ils regardoient avec moins de déplaisir la ruine d'une partie de leurs Histoires, arrivée par la desolation des Estats, que cette corruption des plus beaux endroits de leurs ouvrages. Qu'il valloit mieux les laisser comme ils étoient que d'y mettre la main pour les gâter. Qu'ils se seroient bien passez de l'approbation du vulgaire, & que c'étoit trop peu de chose pour leur être venduë si cherement. Il est étrange, poursuivoit-il, combien le dernier siecle a produit de ces Traducteurs. On les a vû paroître en foulle; & avec deux mots de Grec & de Latin, qu'ils avoient mal appris, ils nous ont habillez à leur mode, & d'une maniere qui nous rend méconnoissables à nous-mêmes. *Sans doute que la plus-part de ceux qui se sont jettez dans cet employ l'ont regardé comme un moyen de devenir Auteurs à peu de frais. On nous a asseurez qu'ils n'avoient eu recours qu'à de vieilles Traductions qu'ils avoient copiées & accommodées au temps. Ils n'ont pas assez chery la verité pour prendre la peine de l'aller chercher jusques dans les anciens manuscrits, & ils ont mieux aimé* errer à la ſuite d'un mauvais guide, que d'être exacts & corrects en ſuivant les originaux.

Il eſt vray que quelques-uns d'entre nous ont ſujet de ſe conſoler. Car s'ils ont eſté pendant un certain temps défigurez comme les autres ; il s'eſt enfin trouvé des plumes ſavantes qui les ont vangez de ce traitement injurieux.

Je ne ſay pas s'il nous en arrivera quelque jour autant ; Mais quoy qu'il en ſoit, il faut qu'en attendant cette bonne fortune, qui ne nous viendra peut-eſtre jamais, nous languiſſions cependant avec les playes que l'on nous a faites. Certainement il eſt de l'honneur des Muſes d'arrêter le cours de ce deſordre; Il n'eſt pas juſte que des miſerables qui ſe font un métier de l'art de traduire, corrompent toutes les beautez de nos Livres, & qu'ils cherchent à gagner du pain aux dépens de noſtre gloire.

Si-toſt que cette remontrance fut finie, il s'éleva un murmure confus sur la Montagne, & j'apperceus plusieurs personnes qui cherchoient à se sauver. Chacun disoit que c'étoit ces mauvais Traducteurs dont Polybe venoit de se plaindre, & l'on remarquoit entre eux Chappuys, Goulart, Gouget, & plusieurs autres.

Comme j'avois les yeux attachez à les considerer; Vous voyez bien, me dit Gombault, tous ces Traducteurs qui s'enfuyent, de crainte qu'on ne leur fasse leur procez: Mais vous ne prenez pas garde à certaines gens décontenancez, dont la posture est quelque chose d'assez plaisant. Aussi-tost il me les fit remarquer; & je reconnus entre eux Baudoin & Durier qui deliberoient comme en tremblant s'ils devoient demeurer davantage sur la Montagne, ou s'il ne leur seroit pas plus avantageux de s'enfuir comme les autres.

A voir leur visage pâle & défait, & sur tout celuy de Baudoin, on auroit dit qu'ils venoient de faire quelque méchant coup. Mais je sçeus de Gombault que ce changement ne provenoit d'autre chose que de la crainte où ils estoient, qu'on ne les rendist responsables de la negligence de leurs Traductions. Ce sont des gens, poursuivit-il, qui se sont mêlez de traduire des Auteurs Grecs & Latins sur de vieilles versions Françoises : Ils ont été assez credules pour ne pas douter de la fidelité de ceux qui les ont precedez dans cette entreprise ; & sur cette mauvaise garantie, ils se sont imaginez qu'ils pouvoient bien se dispenser de la lecture des originaux.

Dans le temps que Gombault me disoit ces choses, deux hommes d'une mine avantageuse prirent par la main Baudoin & Durier, & s'efforcerent en apparence de les retenir. Je demanday à Gombault s'il les connoissoit, il me répondit que c'étoit Ciceron & Davila qui venoient leur offrir leur protection, & qui par une juste reconnoissance de la gloire qu'ils reçoivent des belles traductions qu'ils ont faites de leurs ouvrages, leur promettoient la remission de toutes les fautes qu'ils ont faites ailleurs, & d'obtenir leur grace aupres d'Apollon & des Muses.

A l'abord de ces deux grands hommes, Baudoin & Durier se rassurerent; ils eurent une confiance entiere en leur parole, & l'on vit en même temps la ioye se répandre sur leurs visages. Je voulus m'approcher d'eux pour écouter ce qu'ils disoient; mais aussi-tost il s'éleva une voix qui m'empécha de les entendre.

C'étoit Horace qui parloit pour luy-même, & pour une trouppe de Poëtes dont il étoit à la teste. Il se plaignoit, mais d'un ton irrité & plein de dépit, de ce que l'on s'étoit avisé de traduire leurs Poësies en Prose Françoise. Il faut, disoit-il, avoir une terrible demangeaison d'écrire pour faire des Traductions si eteroclytes. Si les Peintres, poursuivit-il d'un ton railleur, donnoient la même liberté à leurs pinceaux que ces Messieurs les Auteurs donnent à leurs plumes, nous aurions de belles copies? Ils nous representeroient sans doute Alexandre à pied avec l'air d'un simple drille de son armée, lors qu'il marchoit à la conqueste des Perses, & ce portrait passeroit chez eux pour cet Alexandre vainqueur du monde, dont l'air magnanime & plein d'une fierté noble & genereuse, imprimoit d'un coup d'œil comme d'un coup de foudre la terreur dans l'ame de ses ennemis.

Voila les beaux exploits de cette nouvelle secte de Traducteurs; ne pouvant s'élever jusques à nous, ils nous abaissent jusques à eux, & nous font ramper comme des miserables; parce qu'il leur est impossible de suivre nostre rapidité qui les entraisne, ils nous estropient; & par un defaut de jugement ou de veine poëtique, ils mettent tout en prose jusqu'à nos chansons.

Il vouloit pourſuivre ſon diſcours, quand tout d'un coup Terence l'interrompit. Ce n'eſt point, dit-il, pour blâmer vos plaintes que je prens la liberté de vous interrompre, mais ſeulement pour donner des marques de ma reconnoiſſance à ceux qui ont ſi heureuſement traduit trois de mes Comedies. Leur proſe eſt ſi pure, leurs expreſſions ſi fines & ſi delicates, qu'elles font honneur à mes Vers: Je reçois tant de gloire de leur Traduction, que je ſuis obligé de parler pour eux en toutes rencontres; & il eſt de mon devoir d'empécher qu'on ne les confonde avec ceux que vous condamnez.

En cet endroit Martial ſe leva, & prenant la parole aſſez bruſquement: Vous eſtes bien-heureux, dit-il à Terence, d'être tombé en de bonnes mains, tout le monde ne vous reſſemble pas. Et puis ſe tournant vers Horace; Vrayment, pourſuivit-il, c'eſt bien à vous à vous plaindre des Traductions: Hé que diriez-vous si vous estiez en ma place? ne m'a-t-on pas mis en prose comme vous, & en cela n'a-t-on pas fait plus d'affront à mes Epigrammes qu'on n'en a fait à vos Odes. Y eut-il jamais Poëte plus maltraitté que je le suis? Si l'on vous a rendu barbare, si l'on vous a dépoüillé de vos beautez: En un mot, si de Poëte de la Cour d'Auguste on vous a fait devenir en François un Auteur du cheval de Bronze, au moins vous a-t-on laissé tout entier. Mais voyez, je vous prie, la cruauté de mon Traducteur; Il ne s'est pas contenté d'oster tout le sel de mes Epigrammes, d'étouffer leur delicatesse, de profaner leurs graces, il a mêmes émoussé toutes leurs pointes, il a condamné toutes leurs libertez; & pour ne rien oublier de ce qui pouvoit me rendre tout à fait difforme, le diray-je, il a tranché toutes les parties nobles de mes Epigrammes.

Je croyois m'estre mis à couvert de ce mal-heur par l'Epître de mon premier

premier livre, où j'ay fait voir que les expressions licentieuses & un peu hardies sont le vray langage des Epigrammes. Je m'imaginois que l'exemple de Catulle, de Marsus, de Pedon, de Getulicus, & generalement de tous ceux qui se sont exercez en ce genre de Poësie, donneroit du credit à mes libertez ; & je pensois que n'ayant travaillé que pour la Cour & pour les personnes de belle humeur, les Catons me laisseroient en repos, ou qu'ils entendroient raillerie comme les autres. J'en avois écrit exprés à l'Empereur, & il avoit approuvé ces jeux innocens : Enfin j'avois montré à l'un de mes amis, qui condamnoit ce libertinage, qu'il avoit tort de le reprendre ; que j'avois deû écrire de cette façon pour plaire, & que sans cela mes vers seroient aussi desagreables au Lecteur, qu'un Mary Bertaud seroit odieux à sa femme. Il s'étoit rendu à mes raisons, il m'avoit promis qu'il ne toucheroit point à mes Epigrammes, & il avoit quitté tout exprés cette ſeverité qui m'étoit devenuë ſi incommode: Je me croyois donc en ſeureté, Je n'apprehendois plus rien pour mon Livre, & cependant toutes mes eſperances ont été trompées, quinze ſiecles aprés ma mort on fait cette injure à mes cendres; on condamne les delices de la belle Rome, on fait le procez à mes vers, & un melancholique par un caprice de ſa mauvaiſe humeur, proſcrit dans ſon cabinet ce que des Empereurs ont eſtimé digne d'avoir place dans leur memoire.

Comme Martial achevoit ces mots, Lucien parut accompagné de Petrone & d'Apulée. Conſolez-vous, dit-il en regardant Martial, vous avez des compagnons dans vôtre diſgrace, l'on m'a traduit auſſi comme vous, & je vous diray neantmoins que ce n'eſt pas en cela que l'on m'a fait tort; j'ay paſſé par des mains aſſez delicates, & graces aux ſoins qu'on a pris à m'ajuſter, je ne fais point peur à ceux qui me lisent: Mais mon Traducteur a voulu faire un peu trop le prude; il n'a pû souffrir quelques endroits chatouilleux, & sa plume chaste a supprimé dans mon Livre, ce que vous appelliez tantost les parties nobles du vôtre.

Quant à moy, interrompit Petrone, on ne m'a point encore traduit, & j'en ay l'obligation aux vers qui m'ont rongé de tous côtez, & qui n'ont laissé de moy que des lambeaux. J'ay oüy dire neantmoins qu'on faisoit quelque entreprise sur moy tout déchiré que je suis; mais qu'on ne s'avise pas de rien oster de ce qui me reste: Car certainement ce seroit une cruauté qui criroit vengeance, & pour la punition de laquelle il n'y auroit point de peine assez rigoureuse. Je suis de vôtre avis, poursuivit-il, en jettant les yeux sur Martial, & je consens que l'on châtie la temerité de ces Traducteurs cagots, qui ne peuvent endurer une parole tant soit peu hardie, & qui s'érigeans en reformateurs des mœurs croyent meriter beaucoup du public, quand ils ont effacé d'un Livre ce qu'il y avoit de meilleur. Oüy si j'en étois crû, l'on aboliroit ces licences plus mauvaises mille fois que nos libertez, & l'on condamneroit tous ces Traducteurs à nous rendre mille petites hardiesses, qui font le bien le plus precieux de l'Antiquité galante.

Vous êtes biens delicats, vous autres Messieurs, interrompit Virgile, vous vous allarmez pour peu de chose; & l'on diroit à vous entendre parler, qu'on vous auroit fait quelque grande injure. Vous murmurez de ce qu'on a retranché des pages entieres dans vos Ouvrages: On a fait pour vous ce que l'honnesteté vous devoit obliger de faire: On vous a purgez de ce que vous deviez supprimer vous-mesmes, & en couppant quelques parties gastées de vostre corps, on a sauvé toutes les autres qui se seroient corrompuës par une contagion inévitable. Mais on nous a traittez bien plus indignement Ovide & moy; on nous a travestis en Burlesque; on a tourné nostre serieux en goguenard; & parce qu'on n'a pû suivre la majesté de nos vers Latins, on nous a rabaissez jusqu'au stile des Carfours, & l'on nous a rendus ridicules ne pouvant nous rendre admirables. Qui peut voir sans indignation les ordures qu'on a pris plaisir de ramasser pour nous défigurer davantage; tout ce qu'il y a de barbare nous sert d'ornemens, & l'on diroit qu'on ne nous a contrefaits ainsi que pour épouvanter le Lecteur par des expressions bizarres & extraordinaires. Jamais la colere de Junon ne fut si fatale au pieux Enée que les traits de cette Poësie ridicule luy sont injurieux. Quelques traverses qu'il ait euës sur la Terre & sur les Mers, il a toûjours conservé au milieu de ses infortunes les caracteres de son origine toute celeste: Mais à voir comme il parle & comme il agit dans l'Eneide de Scarron, on le prendroit pour le dernier de tous les hommes. Voyez ce qu'il dit dans la tempeste du premier Livre.

Alors Æneas le pieux
Regardant tristement les Cieux,
lâcha ces piteuses paroles,
Ie seray donc mangé des soles?
Cria-t-il pleurant comme un veau.

Le plus miserable Artisan de Rome pourroit-il se plaindre plus fortement, & à vostre avis, qui est plus veau du Poëte Burlesque, ou du Heros. Mais venons aux complimens qu'il fait à Venus, lors qu'il la rencontre dans un bois.

O belle à la prunelle bleuë,
Belle que je ne puis nommer,
Belle qui m'avez pû charmer
Par je ne sçay quelle lumiere
Que vous avez dans la visiere.

Ah par ma foy j'en suis ravy,
Maudit soit si jamais je vy
Face qui m'ait plû davantage,
La malepeste quel visage;
Et que qui vous regardera
Sans cligner impudent sera.
Vous sentez la Dame divine,
I'en jurerois sur vostre mine,
Mon nez ne se trompe jamais
En ce qui sent bon ou mauvais,
Vostre gousset & vostre haleyne
Ne furent jamais d'Afriquaine.

Et puis plus bas parlant toujours à Venus.

Daignez moy dire, au nom de Dieu,
S'il fait seur pour nous en ce lieu,
Et me faites l'honneur de croire
Que vous aurez bien de quoy boire.

Ne voila-t-il pas un compliment bien juste pour estre fait par un Heros à une Deesse; & n'avoüerez-vous pas qu'Ænée tourne les choses en galant homme. Que vous diray-je davantage : Les termes de panse, de dondon, de cocuage, de gaultier garguille, & mille autres plus méchans encore sont les riches expressions de cette sorte de Vers; & c'est un genre d'écrire où l'élegance consiste principalement dans la barbarie. A ce compte il est bien aisé de se faire Auteur: Si l'on n'a pas l'avantage de produire les grandes choses de soy-mesme, ny d'imiter ceux qui les ont faites; au moins on n'a qu'à barboüiller les bons Livres: Cette maniere d'agir est en usage, & l'on est aujourd'huy reputé pour habile homme, pourveu qu'on ait l'esprit d'être ridicule. Quoy j'auray travaillé toute ma vie apres un Poëme, j'y auray consommé mes soins & mon industrie, & l'on me viendra berner impunément? On fera de mon Heros un faquin? Et cette Muse agreable & toute divine qui m'animoit, ne sera plus qu'une Muse camarde & contrefaite? Que ne brûloit-on mon Poëme, comme je l'avois ordonné par mon Testament, je n'aurois pas receu cet outrage, je joüirois d'un repos qui ne seroit troublé d'aucune inquietude, & j'aurois la satisfaction de voir qu'on regretteroit la perte de mes Vers, & que la veneration qu'on auroit pour ma memoire, ne pourroit estre affoiblie par les extravagances d'un esprit mal fait.

Sans mentir, interrompit Ovide, vous qui blâmez le juste ressentiment des autres, vous ne pensez gueres aux choses dont vous vous plaignez. Quand on vous auroit fait la plus grande injure qu'on se puisse imaginer, vous ne feriez pas plus de bruit; & vous ne prenez pas garde que le style Burlesque qui fait tout mon mal est une partie de vostre gloire. Oüy bien loin de fulminer des imprecations contre celuy qui vous a travesti, vous avez des actions de graces à luy rendre : Il a donné à vôtre Eneide dans le genre Burlesque, le même rang qu'elle tient dans le sublime : C'est par son moyen que vous passez entre les mains du beau sexe qui se plaist à venir rire chez vous ; & style pour style, il a des graces folâtres & goguenardes qui vallent bien vos beautez graves & serieuses. Je vous en pourrois rapporter les preuves si je n'avois l'esprit troublé d'autre chose : Mais sans entrer dans un détail que nous examinerons quand il vous plaira, je ne croy pas que vous veüilliez pretendre que vôtre QVOS EGO soit meilleur que le PAR LA MORT de Scarron. Pleust à Dieu que ceux qui m'ont voulu rendre bouffon m'eussent aussi bien traitté que vous l'estes, je n'aurois pas sujet de murmurer ; mais la difference en est si grande, que je n'y sçaurois penser sans entrer dans une espece de desespoir. J'ay bien fait des Metamorphoses, & cependant je n'aurois pû m'en imaginer une aussi ridicule que celle que l'on a faite de moy-même ; c'est la seule qui ne seroit jamais tombée dans mon esprit, & Phaëton ne fut pas plus étourdy du coup de sa chûte que je fus surpris de me voir si défiguré. Ne croyez pas neantmoins que je haïsse ce genre d'écrire; Je sçay qu'il a son merite particulier, & aprés tout je ne suis pas ennemy de la raillerie. Qu'on rie tant que l'on voudra; Qu'on fasse le plaisant, à la bonne heure, rien ne me plaist davantage qu'une naïveté ingenieuse; mais je ne puis souffrir des bouffonneries fades & insipides; il faut qu'elles soient assaisonnées d'un certain sel qui pique agreablement; & je veux que la Muse Burlesque anime toutes ses grimaces d'un air railleur qui ne soit apperceu que des beaux esprits. Scarron contre qui vous criez si haut étoit original en cette maniere d'écrire; il n'y a rien de plus naïf, ny de plus plaisant que ses Vers; il a des rencontres qui feroient rire Minos, & il a fait de vôtre Enée le Heros le plus Burlesque qui sera jamais: Tout le monde est de mon sentiment, &

vous-même luy rendriez cette justice, si vous auiez fait comparaison de vôtre Eneide travestie avec ma Metamorphose goguenarde. On a crû que pour me rendre risible, c'étoit assez que ie fusse hideux : On s'est persuadé qu'il ne falloit que des imaginations extravagantes dans ce genre de Poësie : On a ramassé tous les quolibets des Halles comme autant de fleurs ; Enfin l'on m'a barboüillé de tous côtez, mais d'une maniere qui me rend le plus pitoyable de tous les Poëtes.

Vous penetrez bien peu dans le sujet de mes plaintes, reprit Virgile, & vous fondez les vôtres bien mal. Quoy, parce que les Vers Burlesques de Scarron font rire, vous trouvez qu'il m'a fait honneur : Et dites-moy, s'il vous plaist, ay-je composé un Poëme Epique pour procurer plûtôt des épanoüissemens de ratte que des transports d'admiration ? N'ay-je cherché des expressions nobles &

re levées, que pour les voir diffamer par des termes barbares & corrompus ? Et les ſentimens heroïques que j'ay mis dans la bouche d'Enée devoient-ils ſervir de joüet & de marotte aux caprices d'un eſprit follet ?

Mais apres tout, pourſuivit-il, je veux que rien ne ſoit plus agreable que l'Eneide de Scarron : Penſez-vous que ce ſoit un avantage pour moy ? Et ne jugez-vous pas bien au contraire qu'il me dérobe tous les applaudiſſemens qu'on luy donne. Si ſes Vers étoient froids & languiſſans comme ceux du Traducteur de vos Metamorphoſes, il y a long temps que l'on n'en parleroit plus ; ils ſe ſeroient détruits d'eux-mêmes, & les beurrieres m'auroient vengé du tort qu'il me fait : Mais parce qu'ils ſont agreables, à ce que vous dites, parce qu'ils ſont propres à divertir les chagrins, je cours riſque de pourir dans un coin de Bibliotheque, pendant que Monſieur Scarron ſera l'ornement des cabinets, & l'entretien des promenades. Consolez-vous donc, & rendez graces au destin qui vous a fait tomber sous la plume d'un Poëte crotté; au moins rien n'empéchera que vous n'ayez les carresses du beau monde; on ne vous laissera point à la proye de vers & de la poussiere, & vous serez de tous les voyages des honnêtes gens.

Scarron que la demangeaison de parler avoit pris, se sentant offensé par ce discours : Vous estes, dit-il, un peu colere, Monsieur Virgile, vous prenez bien vîte la chêvre, ou pour mieux dire, car peut-estre n'entendez-vous pas ce proverbe, vous avez la tête bien prés du bonnet : Il faut pourtant que vous riez malgré vos dents; il ne sera pas dit que vous me ferez toûjours la grimace, & foy d'Auteur, je vous reduiray bien à la raison. Je ne suis plus, Dieu mercy cul de jatte : Mon corps qui faisoit autresfois un Z, est maintenant plus droit qu'un I :

Jay toute la liberté de mes membres, & ma Muſe pourroit bien donner quelque gourmade à la vôtre, ſi elle n'eſt plus reconnoiſſante de l'honneur que je luy ay fait. Sachez donc, Monſieur le Poëte Latin, que je ſuis Scarron, & ſi mon nom ſeul ne vous ſuffit pas, écoutez ſeulement ce que je vais dire. Je ne ſuis ny Philoſophe, ny Medecin, ny Juriſconſulte, ny Mathematicien, ny Aſtrologue, ny Architecte, ny Rheteur, ny Grammairien: Je ne fais par conſequent ny Syllogiſmes, ny Ordonnances, ny Conſultations, ny Campemens, ny Horoſcopes, ny Edifices, ny Declamations; ny Syntaxes? Que fais-je donc, à vôtre avis, je ry en Proſe & en Vers, ſelon que la fantaiſie m'en prend: Tantôt je barboüille les amours de Monſieur Deſtin & de Madame de l'Eſtoille; quelquefois je me divertis avec la Rancune: En d'autres rencontres je chante les proüeſſes de Typhon: Souvent je follaſtre avec Jodelet; & quand je ne ſay plus que faire, je badine avec vôtre dondon de Carthage. Voila comme je paſſe la vie : Sans moy il y a trente ans qu'on ne riroit plus en France; & ſi vous ne voulez rire comme les autres, prenez garde que je ne vienne à la tête de deux cent mille rieurs pour exterminer vôtre chagrin.

Alors Virgile ſe prit à rire, & tendant les bras à Scarron ils s'embraſſerent ſi fort qu'ils ne purent quaſi ſe quitter. Mais pendant qu'ils ſe donnoient reciproquement mille aſſurances d'une éternelle amitié, j'apperceus Lucain qui compoſoit ſon viſage comme un homme qui ſe prepare à parler. Jay, dit-il, été tourné de toutes les façons. On me lit en Proſe; on me voit en Burleſque; & l'on me trouve en vers heroïques. La Proſe me tuë, le Burleſque me fait rire, & les Vers heroïques me charment. C'eſt pour leur rendre juſtice que je me leve : La grace qu'ils donnent à mes pensées exige de moy cette reconnoissance, & je declare en plein Parnasse qu'ils ont des beautez qui égalent presque par tout celles de l'Original, & qu'ils les surpassent en bien des endroits; témoins ces quatre Vers qui donnent une si noble idée de l'Ecriture.

C'est de luy que nous vient cet Art ingenieux
De peindre la parole, & de parler aux yeux,
Et par les traits divers des figures tracées.
Donner de la couleur, & du corps aux pensées.

S'il arrivoit donc que l'on condamnât aujourd'huy tous les Auteurs qui se sont mélez du Burlesque, je supplie Apollon & les Muses ses divines Sœurs, d'avoir quelque consideration pour Brebeuf. Je suis plus interessé dans son Burlesque que personne; mais quand je considere l'honneur qu'il m'a fait d'ailleurs, je n'ose me plaindre d'un petit divertissement qu'il a voulu prendre à mes dépens : Si c'est une faute qu'il a faite, elle est trop legere pour la punir ; Il y auroit de l'injustice de luy vouloir mal pour un Livre de la Pharsale, & sans doute qu'il a crû par cet essay rendre plus merveilleux ses Vers heroïques, & laisser la posterité en doute, si celuy qui avoit écrit : *Je chante deux Bourgeois de Rome*, pouvoir être le même qui auoit dit : *Je chante cette Guerre en cruautez feconde, &c.*

A peine Lucain eut-il achevé ces Vers, que je vis paroistre Seneque le Philosophe, dont le front tout échauffé me fit croire qu'il n'avoit été Stoïque pendant sa vie que par grimace. Je ne viens point, dit-il, en regardant Apollon, pour declamer contre les Traducteurs de mes Oeuvres, j'en aurois peut-estre autant de sujet que pas un de ceux qui ont parlé avant moy : Mais je laisse toutes ces choſes qui ſeroient trop longues à raconter, pour venir à l'entrepriſe la plus hardie & la plus temeraire qui ait jamais été faite dans l'Empire des belles Lettres. Un homme qui ne ſeut jamais un mot de Latin, qui n'avoit pas meſme les premiers Elemens de la Philoſophie des Stoïques, un miſerable qui avoit mis en trafic le galimatias; Enfin la Serre a fait mon eſprit ſans me connoiſtre. Comme il avoit oüy dire que mon nom étoit de quelque conſideration dans le monde; que ma Philoſophie s'étoit acquiſe quelque credit par ſes maximes nobles & genereuſes; Il a crû que je luy pouvois valloir quelque choſe, il a mis mon nom à l'Encan, & ſous le titre ſpecieux *d'eſprit de Seneque*, il a fait paſſer toutes les extravagances de ſon imagination dereglée. Cet homme qui ne vivoit que d'Epiſtres dedicatoires, & qui ſe faiſoit un revenu des titres trompeurs de ſes Livres; a trouvé des Protecteurs &

des Libraires; Ils ont recompensé la fourbe qu'il leur a faite, & dans quatre Volumes qu'il leur a donnez, il n'y a quasi que mon nom qui soit de moy. Cependant jugez quelles peuvent estre les consequences de cette action, & s'il ne faut pas avoir une ame plus que Stoïque pour n'en estre pas touché.

Je ne croyois pas, interrompit Tacite, qu'il y eût aucun exemple du mauvais tour que l'on m'a joüé; mais à ce que je voy, j'ay un compagnon dans ma disgrace, & nous n'avons tous deux qu'un même Auteur de l'injure qui nous est faite. Oüy ce même la *Serre* a composé un Livre de mes Maximes Politiques, sans les avoir jamais leuës. Ce Livre se vendoit desia qu'il ne savoit pas encore si j'avois écrit en Grec ou en Latin, si j'étois Historien ou Philosophe : Et parce que je passois au bruit commun pour assez bon Politique, il a fait cet Ouvrage à tout hazard, & il a mieux aimé chercher mes pensées dans son esprit que de les tirer de mes Histoires. Depuis que l'on fait des Livres, je ne pense pas qu'on ait oüy parler d'une pareille entreprise. On a bien veu des gens qui se sont faits Auteurs par des pillages ; mais voicy la premiere fois qu'un homme a eu la hardiesse de débiter ses méchans écrits sous des noms fameux, & de se rendre l'interprete d'un Auteur qu'il ne connoist pas.

La Serre qui avoit entendu toutes ces plaintes, se resolut d'y répondre, & s'assurant auparavant de la protection de Nerveze & des Escuteaux ses grands amis, il prit la parole de cette sorte.

Il est étrange, dit-il, qu'on me fasse des reproches apres ma mort sur des Livres dont on ne m'a rien dit pendant ma vie ; & je ne compren pas comment on ose en parler mal aprés le bon argent que j'en ay receu ! Y a t-il d'autres marques de la bonté d'un ouvrage que le profit qu'en tire l'Auteur, pourveu qu'il ſoit payé de ſon Patron & du Libraire auſſi avantageuſement que je l'ay toûjours été, n'eſt-ce pas une Hereſie que de douter de ſon merite? Et y a-t-il de meilleures penſées, ny qui peſent plus que celles que l'on recompenſe au poids de l'or. Pour moy, pourſuivit-il, je vous l'avoüe, je n'ay presque point travaillé pour l'immortalité de mon nom: j'ay mieux aimé que mes ouvrages me fiſſent vivre, que de faire vivre mes ouvrages; & j'ay toûjours crû qu'un homme ſage devoit preferer les piſtolles de ſon ſiecle aux vains honneurs de la poſterité. C'eſt pour cela que je ne me ſuis point mis en peine de garder cette fidelité ſcrupuleuſe, & cette regularité ſi exacte qui n'apportent tout au plus qu'un peu de gloire. Je n'ay cherché que l'expedition: J'ay laiſſé aux autres le ſoin de bien écrire, & je n'ay pris pour moy que celuy d'écrire beaucoup: Enfin dans un temps où j'ay vû qu'on vendoit ſi bien les méchans Livres, j'aurois eu tort, ce me semble, d'en faire de bons.

Il est vray, continua-t-il, que j'ay fait l'esprit de Seneque, & les maximes politiques de Tacite, sans avoir eu aucune connoissance de l'un ny de l'autre: Mais bien loin d'en recevoir des reproches, je pretend que j'en merite des loüanges. J'aurois bien pû copier ces deux grands hommes si j'avois voulu; mais j'ay consideré qu'apres tant de Livres faits pour de l'argent; il étoit temps que j'en fisse quelqu'un pour ma gloire; & dans cette pensée legitime j'ay cherché sur mes derniers jours une maniere de composer toute nouvelle, & qui me pût élever au dessus des Ecrivains de mon siecle. Je n'en ay point trouvé de plus merveilleuse que de donner l'esprit ou les maximes d'un Auteur qu'on ne connoist pas. Tout le monde peut aisément traduire Seneque, & recueillir les belles pensées de Tacite, il ne faut pour cela que savoir lire; mais on n'a vû personne jusques à present qui ait parlé de leurs Ouvrages ſans les avoir leûs, & qui ſe ſoit fait leur interprete par divination. Ce ſecret admirable, & qui paſſera par tout pour un prodige, m'étoit reſervé; & j'avois ſi bien reſolu d'en profiter, que ſi le Ciel eût prolongé ma vie de quelques années, j'aurois laiſſé au public l'eſprit univerſel de toutes les Bibliotheques ſãs les cõnoître. N'en déplaiſe donc à ces Meſſieurs, ils s'emportẽt ſans raiſon contre moy, ils ne penſent pas ſerieuſement à ce qu'ils diſent; car apres tout, quand il ſeroit vray qu'on ne pourroit trouver aucunes de leurs paroles dans les Livres dont ils ſe plaignent, je ne voy pas que ce ſoit un juſte ſujet de m'accuſer, puis qu'on ne leur peut rien imputer dans un Ouvrage, auquel ils n'ont point contribué de leurs penſées. Mais enfin qu'importe qu'on prenne l'eſprit de la Serre pour celuy de Seneque? N'eſt-on pas encore trop heureux de me poſſeder, & me peut on refuſer

fuſer des actions de graces pour une tromperie ſi avantageuſe. Je ne pretend point faire icy le vain, je reſpecte le merite du Philoſophe & de l'Hiſtorien qui m'accuſent : Mais je ne ſay pas encore qui de nous trois le doit ceder aux deux autres. Qu'on appelle mon ſtyle galimatias ſi l'on veut, ce galimatias a eu pour luy la fortune ; il s'eſt rendu celebre par toute la France ; il a paſſé avec honneur chez les Etrangers, & je n'ay point fait gemir de preſſe qui n'ait enrichy le Libraire. Avec une main de papier que je barboüillois j'ay triomphé en mille endroits de l'Europe ; j'ay pris pour Duppes tous les Pays-Bas, & le feu Roy de la grand' Bretagne a recompenſé mon travail par des medailles precieuſes. Jamais homme eût-il une imagination plus vive qu'étoit la mienne, je compoſois un Livre en une ſoirée, auquel je n'avois pas même ſongé deux heures auparavant : Ma plume toûjours volante ne pouvoit ſuivre la rapidité de ma penſée, & ſouvent j'ay fait des Ouvrages entiers ſur le dos de mon Imprimeur.

Seneque & Tacite ſurpris de la réponſe de la Serre s'entreregarderent en ſoûriant, & témoignerent par leur ſilence qu'ils avoient pitié de ſa folie; mais la Serre n'en voulut pas demeurer là, & reconnoiſſant à leur air qu'ils ne l'eſtimoient pas aſſez pour luy répondre, il reprit la parole à peu prés de cette maniere.

Chacun, dit-il, ſe rend illuſtre à ſa façon. J'ay connu des Auteurs qui n'ont jamais fait aucun ouvrage: J'ay veu admirer des Predicateurs qui n'étoient que des perroquets en Chaire, leurs Sermons ne leur coûtoient que huit ſols & de la memoire, & moy-même qui vous parle, j'en ay compoſé de commande pour des Abbez qui faiſoient quelque figure dans le Clergé. Je ne ſuis donc pas graces aux Muſes, de ces malheureux eſprits ſi diſgraciez: Cent volumes que j'ay mis au jour ne prouvent que trop bien la fertilité de ma plume, & les differentes impressions qu'on en a faites sont des marques assurées de leur bonté. J'ay prononcé des harangues qu'on a receuës avec des applaudissemens extraordinaires. J'y citois des Auteurs qui ne furent jamais ; & pour satisfaire le goust des curieux, je rapportois les inscriptions d'Anciennes Medailles que mes Auditeurs ny moy n'avions jamais veuës. Tout cela, je l'avoüe, provenoit de la fecondité de mon imagination : Mais qu'importe de quoy l'on se serve, pourveu qu'on trouve le secret de plaire, on ne doit étudier que pour cela : Et quand on a cet avantage de soy-même, l'étude est une occupation vaine & sterile. J'ay donné au Theatre plusieurs Tragedies en prose, sans savoir ce que c'estoit que Tragedie. J'ay laissé la lecture de la Poëtique d'Aristote & de Scaliger à ceux qui ne sont pas capables de faire des regles de leur chef, & ſans parler du ſac de Carthage ny de Sainte Catherine qui ont eſté repreſentées avec ſuccez, on ſait que Thomas Morus s'eſt acquis une reputation que toutes les autres Comedies du temps n'avoient jamais euë. Monſieur le Cardinal de Richelieu qui m'entend a pleuré dans toutes les repreſentations qu'il a veuës de cette piece. Il luy a donné des témoignages publics de ſon eſtime; & toute la Cour ne luy a pas été moins favorable que ſon Eminence. Le Palais Royal étoit trop petit pour contenir ceux que la curioſité attiroit à cette Tragedie. On y ſüoit au mois de Decembre, & l'on tua quatre Portiers de compte fait la premiere fois qu'elle fut joüée. Voila ce qu'on appelle de bonnes pieces : Monſieur Corneille n'a point de preuves ſi puiſſãtes de l'excellẽce des ſiennes, & je luy cederay volontiers le pas quand il aura fait tuer cinq Portiers en un ſeul jour.

Alors Ciceron avec ſa gravité de

Consul Romain, se tournant vers Apollon prit la parole de cette sorte : Puis que vostre Divinité, dit-il, veut reformer tous les abus qui se sont introduits sur le Parnasse, vous devez considerer qu'il n'y en a point de plus grand que celuy qui regarde l'Eloquence. Le monde est plein de faiseurs de dissertations, de composeurs de nouvelles, d'Auteurs de lettres gallantes & de billets doux. Voila l'occupation la plus ordinaire de ceux qui font aujourd'huy profession d'écrire; Ils abandonnent leurs plumes à des bagatelles, ils travaillent, disent-ils, à des bijoux, & avec deux feüilles de papier pleines de *Car enfin*, de *Sans mentir*, & d'*En verité* ils ont l'orgueil de s'élever au dessus des plus fameux Orateurs. La grande Eloquence les effarouche; ils ne jurent que sur le badin & l'enjoüé, & pourveu qu'ils soient les Heros de quelques ruelles, qu'ils y reçoivent un peu d'encens, ils renoncent aux honneurs publics & aux applaudiſſemens du Senat. Quand je recherche la cauſe de ce deſordre, je n'en trouve point de plus vray-ſemblable que la liberté qu'on laiſſe à certains Pedans de me déchirer impitoyablement dans les Commentaires qu'ils font ſur mes Oraiſons. Ils donnent de moy des Leçons ſi ridicules à leurs Diſciples, qu'ils ne daignent pas me regarder lors qu'ils ſont à la fin de leurs études. Ils parlent de Ciceron comme d'un Livre des baſſes Claſſes ; ils ne le croyent bon que pour des enfans, & ils penſent avoir donné une belle marque de la ſolidité de leur jugement, quand ils ont fait quelque raillerie ſur moy. Il n'eſt pas juſte que des Oraiſons prononcées, ou devant un Peuple Maiſtre de l'Univers, ou dans un Senat qui decidoit de la fortune des Rois, ou en la preſence d'un Empereur le plus grand qui ſera jamais, ne ſoient leuës que par des enfans qui les regardent comme leur ſupplice, qui ne ſont pas même capables de les comprendre, & qui ne les mettent dans leur memoire que pour les oublier un moment apres. Il est temps que l'on me fasse raison de cette injustice ; on n'en sauroit trouver de plus grande dans l'Empire des belles Lettres : Et il est bien raisonnable qu'apres tant de mauvais siecles passez dans les Colleges, je respire un air plus pur & plus libre dans les cabinets des Savants & dans les assemblées des beaux esprits.

Le Maistre, celebre Avocat du Parlement de Paris, étoit attentif à la remontrance de Ciceron, & croyant qu'il y alloit de son interest de l'appuyer : Il est vray, dit-il, que l'Eloquence n'est point si generalement cultivée par les François, comme elle étoit autrefois par les Romains : Aussi n'y a-t-il point en France de Consulats à donner pour de belles paroles, & toutes les esperances d'un bon Orateur ne valent pas le commerce d'un Marchand, ni les ſubtiltez d'un homme d'affaire.

D'ailleurs, ajoûta-t-il, on reçoit de jeunes gens au Barreau encore tout couverts de la pouſſiere des Ecoles, & qui n'ont pas même quitté les puerilitez de leurs premieres années. On les reçoit, non pas pour écouter ſeulement, mais on ſouffre qu'ils parlent & qu'ils declament comme s'ils étoient ſur les Theatres de leurs Colleges. On permet qu'ils défendent des cauſes qu'ils n'entendent pas, & l'on veut bien que la fortune d'une famille ſoit le joüet d'un enfant. Leurs Peres, qu'une ſotte ambition rend encore plus aveugles qu'eux, leur cherchent des cauſes de tous côtez; Ils en ſuppoſent, de peur d'en manquer, ils en achetent mêmes aſſez ſouvent, & il n'y a point d'affaire importante où ils ne leur mandient une intervention, quand ce ne ſeroit que pour avoir le plaiſir de leur entendre dire *J'employe*: S'ils ont à prononcer quelque chose davantage, ils prennent un ton de demoniaques, on croiroit que tout est perdu ; Ils mélent le Ciel, la Terre & les Enfers ; ils foudroyent, ils tempêtent, ils jettent le feu par les yeux, & ils ne cessent point de crier qu'ils n'ayent desesperé leurs Juges & leurs parties.

Que dirons-nous, adjoûta Gautier, de ces Orateurs Praticiens qui ne parlent que forclusion, que deboutté de deffenses, que fin de non recevoir, & qui considerent comme autant de graces tout ce qu'il y a de barbare dans la chicane ? Ce sont des Avocats à griefs & à contredits ; Ils ne savent que le Praticien François, ils ne connoissent Ciceron & Aristote que par tradition, & tout leur esprit est dans leur sac. Encore s'ils se contentoient de demander des deffauts ou des rapports de Sentences, & s'ils ne se rencontroient qu'au Baillage ou à l'Election, on feroit grace à leur barbarie ; mais ils veulent paroître à la Grand'Chambre, & mettent entre les titres glorieux de leurs familles une Playdoirie de quatre Audiences, dans laquelle ils auront fatigué leurs Juges de mille dattes embarrassantes, d'un grand nombre de faits inutiles, & du recit ennuyeux d'une longue procedure.

Pourquoy nous venez vous embarasser de vostre Palais, interrompit Pline, n'avons nous-pas aujourd'huy des affaires plus importantes à regler? n'y-a-t-il pas de bons Presidens pour empécher le desordre qui vous irrite? & n'ont-ils pas appris à bien interrompre & a faire conclure malgré qu'on en ait? Si quelqu'un a juste sujet de se plaindre c'est moy. Je croiois que la gloire de mon Panegyrique se conserveroit toute entiere jusques à la fin des siecles; mais je reconnois, il y a long-temps, que le mépris qu'on a conceu pour cette sorte d'ouvrage, a passé jusques au mien. A peine me regarde-t-on maintenant, & le ſeul nom de Panegyrique effarouche d'abord tous les delicats. Ce mépris vient ſans doute de ce que ces pieces ſont devenuës trop communes. Tout le monde en fait, & perſonne n'en ſait faire; & il n'y a point de diſtilateur de galimatias qui n'ait la vanité de s'ériger en Pline troiſiéme, ne pouvant m'ôter la qualité de ſecond. Ce qui me fâche le plus en cela, c'eſt que je ſuis toûjours mêlé dans leurs folies, & depuis plus de quinze cent ans il ne s'eſt pas fait un méchant Panegyrique où l'on ne m'ait mis en morceaux. N'y a-t-il pas moyen que l'on ſe défaſſe à la Cour de la vanité ridicule de certains grands Seigneurs qui cherchent de l'encens par tout. S'ils étoient bons Juges des Eloges que l'on fait d'eux, & qu'ils euſſent l'eſprit de laiſſer morfondre leurs Panegyriſtes, ils n'y retourneroient pas deux fois; mais ils les payent mieux que leurs Creanciers, & ils ne voudroient pas pour cent pistolles que Rangouze les eût oubliez dans ses Lettres. Depuis que les Epistres dedicatoires sont devenuës des Panegyriques, il n'y a point eu de Fermier des cinq grosses Fermes, point de petit Abbé, point de Conseiller d'Estat de cinq cent livres, point de miserable Financier qui n'en ait acheté quelqu'une. Ces amateurs de fumée veulent du moins une fois en leur vie être comparez à Hercule; Ils veulent qu'on leur fasse étouffer des monstres dans leur berceau, & ils croyent que pour leur argent on ne sauroit leur donner trop de prudence, de generosité & de sagesse. Quelle joye pour eux quand un Autheur fait querelle à leur modestie, quand il proteste de lever le voile qui cache leurs belles qualitez, & lors qu'animé de la grandeur de son sujet, il enrage de n'avoir pas la liberté de s'étendre sur une si vaste matiere, & de se voir enfermé dans les bornes étroittes d'une Epistre. Ces belles figures les chatoüillent jusqu'au fond de l'ame ; Ils ne feroient pas alors comparaison avec tous les hommes illustres de Plutarque ; Ils s'imaginent que leur gloire va voler par tout l'Univers, & se separans bien loin du vulgaire, ils rencherissent sur la gravité de Caton.

Il alloit continuer quand Ronsard parut à la tête de Dubellay, de Dubartas, de Bertaud, & de Desportes, & se tournant tout d'un coup vers Appollon, dit que dans l'occasion heureuse d'une reforme generale, il avoit resolu avec ses confreres de faire une remontrance touchant les abus arrivez dans la Poësie depuis leur siecle. Nous avons, dit-il, jusques icy retenu nos plaintes dans l'esperance que les choses pourroient changer, & se rétablir en leur premier état de perfection : Mais apres avoir reconnu avec tout le déplaisir imaginable que la pureté, la force & la dignité des Vers s'alteroient tous les jours de plus en plus, nous aurions crû être coupables de tout le mal qui peut arriver, si nous ne nous estions assemblez pour y donner ordre, & deliberer des remedes necessaires pour le détourner.

Il y a, poursuivit-il d'un air grave, des esprits mal faits, qui sans avoir égard à la dignité des Vers, en ont fait les interpretes de leur impieté. Ce langage des Dieux est devenu par leur licence effrenée le langage de la Volupté la plus criminelle : Et c'est de ces Poëtes nez pour le feu que sont sortis tant de Vers satyriques, dont la memoire ne s'effacera jamais tant qu'il y aura du vin & des filles de plaisir. Ils n'ont rien épargné sur la Terre & dans le Ciel : Leur plume a répandu son ancre envenimée sur la vertu la plus pure : Elle a noircy de ses traits infames toutes les Divinitez : C'est elle qui a jetté tant d'ordures sur les amours de Jupiter, qui a fait mille médisances de Junon, qui nous a representé

Venus comme une coureuſe ; Il n'y a rien de ſale qu'elle n'ait écrit de l'amour : Elle a placé ſon Trône dans le centre des impuretez : Elle a attaqué la chaſteté des Muſes devant qui je parle, elle en a fait des proſtituées, & il n'a pas tenu à elle, ajoûta-t-il, en s'adreſſant à Apollon, que vous n'ayez paſſé dans le monde pour la terreur de toutes les Vierges. Mais que n'a-t-elle point dit de Vulcain ? De quelles infamies n'a-t-elle point ſoüillé ſa forge ? Son inſolence a paſſé meſmes juſques aux Enfers, elle s'y eſt divertie de Pluton, & elle a écrit cent contes impies de ſon mariage avec Proſerpine.

Il eſt vray, interrompit Dubartas, que ces eſprits libertins ont profané la Poëſie ; mais le plus grand mal qui luy ſoit arrivé ne vient point de là, il n'en faut attribuer la cauſe qu'à certains rimeurs qui font les illuſtres ſi-tôt qu'ils ont fait un méchant Madrigal ou quelque froide Epigramme. On ne ſait plus, pourſuivit-il, aujourd'huy ce que c'eſt que d'expreſſions Poëtiques : Pourveu qu'on ſoit aſſez heureux pour rencontrer la rime & la meſure, on ſe perſuade que tout le reſte n'eſt rien ; on appelle faire des Vers aiſez & naturels quand ils ſont foibles & languiſſans ; & tel a composé des recueils entiers de Poëſies, que ſi l'on en oſtoit les rimes il n'y reſteroit que des termes fades qui ne feroient pas même une bonne Proſe. Il n'y a guere de Marquis qui ne ſe pique de verſifier, ces eſprits prompts & impatiens veullent faire une Elegie en demye-heure, & ils aiment mieux un impromptu qui ne vaut rien, qu'une bonne piece qui leur coûteroit une matinée. Ce ſont des faiſeurs de Sonnets à outrance ; Ils ſe jettent à corps perdu dans ce genre de Poëſie, & il ne ſe paſſe point de jour qu'ils n'en donnent un à leurs amourettes. Si-tôt que leur mauvaiſe veine leur a fourni quelque choſe ils le répandent dans toute la Cour : Deux ou trois coquettes de leur intrigue les appuyent de leurs suffrages, & avec cela ils se font passer pour beaux esprits, & les Libraires viennent leur demander leurs Ouvrages.

Ce que vous dites de ces Marquis à Sonnets & à Madrigaux est bien remarqué, reprit Ronsard, leur alimatias de Cour a corrompu toutes les beautez de nôtre art. Leur stile qu'ils appellent tendre & coulant a rendu la Poësie toute molle & effeminée, & au lieu de cette noble fureur qui enfantoit autrefois les grands Ouvrages, on ne voit plus maintenant qu'un emportement ridicule qui ne produit que des bagatelles. Mais ce que je trouve de plus plaisant dans leur boutade & que vous ne dites pas, c'est qu'ils seroient fâchez de faire de meilleurs Vers, de crainte qu'on ne les crût Poëtes. Voila une étrange politique de se rendre ridicules en craignant de le devenir, & de rejetter la reputation de bon

Poëte pour acquerir celle de méchant versificateur. Ecoutez les, je vous prie, parler ces Messieurs les distilateurs de maximes douces & amoureuses, ils n'ont autre chose dans la bouche que ces paroles : *Ie me donne au Diable si je suis Poëte, & si je say seulement ce que c'est qu'entouziasme. Ie fais des Vers, il est vray, mais c'est pour tuer le temps, encore ce sont de petits Vers galants que je compose en me peignant, Ie laisse aux Poetes de profession tout ce grand attirail de fictions & de termes empoulez, je m'arrête seulement aux expressions tendres & delicates, & je croy, Dieu me damne, avoir attrapé cet Air de Cour, dont la maniere badine dame le pion à la gravité des Sçavans.*

Ainsi poursuivit-il, ils ne liment point leurs Vers, ils embrassent tout ce qui tombe d'abord sous leur miserable plume, & ils renoncent au bon sens pour une pensée qui brille & qui ébloüit. Leur veine eſt un filet, elle ne coulle que par gouttes, elle eſt trop foible pour les grands deſſeins, & une Elegie la met bien ſouvent à ſec. Ce ſont ceux-là neantmoins dont on recherche avec plus de curioſité les ouvrages. On admire en eux ce tour Cavalier qui n'eſt, à vray dire, qu'une facilité de mal faire, & l'on abandonne la lecture des grands Poëtes, chez qui les choſes fortes & ſolides ſe rencontrent parmy les belles & les agreables. A peine tous tant que nous ſommes, avons-nous pû tenir quelque rang dans la Cour de Henry IV. nous y paſſions déja pour des Auteurs Gaulois; & la negligence des Ecrivains a ſi bien ſecondé la barbarie de ce ſiecle, que l'on ne connoiſt plus nos Poëſies que par le mépris que l'on en fait.

Ce n'eſt point, interrompit Malherbe, pour m'oppoſer à la reforme dont vous parlez, ny pour donner atteinte à vôtre reputation que j'entreprens maintenant de vous répondre. J'ay une veneration toute particuliere pour cette fameuse Pleiade, qui dans le siecle dernier a fait l'honneur des Muses Françoises, & l'ornement de la Cour de deux grands Rois : Mais je ne puis cacher plus long-temps ce que j'ay toûjours pensé de vous, & je dois à la reforme dont nous parlons, les observations que j'ay faites sur vos ouvrages. Il faut demeurer d'accord qu'il y a dans vos Poësies de belles & de grandes fictions qui les soûtiennent encore malgré la rudesse de vôtre vieux style : L'invention qui est l'ame des Vers ne manque point dans les vôtres; elle y paroist avec avantage, & l'on ne peut nier que vous n'ayez quelques beautez assez regulieres qui seront du goust de tous les siecles : Mais pardonnez-moy si je dis que l'amour de l'Antiquité vous a perdus, vous avez crû qu'un Poëte devoit paroître savant, & c'est ce qui vous a engagez dans ce mauvais amas de Fables & d'Epitetes recherchées dont l'intelligence dépend d'une profonde lecture des Livres Grecs & Latins. Vous avez mieux aimé dire *Des ſages Gregeois l'honneur Prienien*, que de mettre ſimplement *Bias*. *L'Ecumiere fille* vous a plû davantage que *Venus*. Vous avez exprimé l'amour par mille circonlocutions obſcures, & qui demandent des Commentaires; & vous vous eſtes imaginez qu'un habile Poëte devoit s'enfoncer dans le labirinthe des Antiquitez les plus cachées pour ſe dérober à la connoiſſance du Peuple. Pardonnez-moy, je vous le dis encore, vous vous êtes lourdement trompez, il falloit un peu vous humaniſer davantage, vous ne deviez pas tant vous infatuer d'Homere ny de Pindare, il valloit mieux ſonger à plaire à la Cour, & conſiderer que les Dames qui ſont la plus belle moitié du monde, & le ſujet le plus ordinaire de la Poëſie, ne ſavent ny Latin ny Grec. Combien trouverez-vous, je ne dis pas de Courtisans, mais de gens doctes qui puissent entendre ce Sonnet.

SONNET.

HA qu'à bon droit les Charites d'Homere
Vn fait soudain comparent au penser,
Qui parmy l'air peut de loin devancer,
Le Chevalier qui tua la chimere.

Si tôt du vent une nef passagere
Poussée en Mer ne pourroit s'élancer,
Ny par les champs ne le sauroit lasser
Du faux & vray la prompte messagere.

Le vent Borée ignorant le repos,
Conceut le mien de nature dispos
Qui par la mer & par le Ciel encore,

Et sur les champs animé de vigueur
Comme un Zetés s'envole apres mon cœur
Qu'une harpye en se joüant devore.

Avoüez-le franchement, ajoûtra-t-il, vous aviez grand besoin de Muret pour attraper vôtre pensée. Vôtre sonnet, quoy que remply d'un beau sens, étoit bien mal sans son Commentaire, & vos Charites d'Homere, vostre Chevalier tueur de chimere, vôtre prompte Messagere du faux & du vray; En un mot vôtre Zetes auroient embarrassé bien des Lecteurs sans compter toutes les Lectrices. Vos œuvres me fourniroient mille exemples de cette force; mais il suffira d'en rapporter encore un qui vous doit convaincre de l'aveuglement de vôtre siecle.

SONNET.

IE ne ſuis point ma guerriere
Caſſandre
Ny Myrmidon, ny Dolope ſou-
dart,
Ny cet Archer dont l'homicide
dart
Tua ton frere, & mit ta Ville en
Cendre.

Vn camp armé pour eſclave te
rendre
Du port d'Aulide en ma faveur ne
part:
Et tu ne vois au pied de ton ram-
part
Pour t'enlever mille barques deſ-
cendre.

Helas je ſuis ce Corebe inſen-
ſé,
Dont le cœur vit mortellement
bleſſé,
Non de la main du Gregeois Pe-
nelée.

Mais

Mais de cent traits qu'un Archerot vainqueur
Par une voye en mes yeux recelée,
Sans y penser me tira dans le cœur.

Vous avez passé jusqu'à l'admiration pour ce Sonnet. Les Poëtes de vôtre temps qui avoient le même goust que vous l'ont aussi regardé comme une merveille : Mais croyez-vous tout de bon que vôtre Cassandre pour qui vous l'aviez fait en eût une pensée si avantageuse ; Peut-on s'imaginer qu'elle connût ce *Frere* que vous luy donnez ? Pensez-vous que le *Dolope soudart*, *le Myrmidon*, *le Corebe insensé*, *& le Gregeois Penelée* luy fussent des noms fort intelligibles ? Et n'étoit-ce rien pour une fille que d'avoir à déchifrer toutes les Fables du Siege de Troye ?

Voila donc la premiere observation que je fais sur vos Poësies mais il y en a encore une autre qui ne me ſemble pas moins importante ; elle regarde les licences que vous vous êtes données, & qui ſont ſi frequentes dans vos Vers. Je ne ſuis point de ces critiques ſeveres qui condamnent juſques aux moindres libertez : Il eſt permis aux grands Poëtes de s'affranchir quelquesfois des regles communes; mais il y a des licences que je ne ſaurois ſouffrir en qui que ce ſoit, & que le credit d'un Auteur celebre ne me feroit jamais approuver. La plus-part des vôtres ſont de cette nature-là ; vous vous êtes attribuez un empire abſolu ſur tous les mots, vous les avez accommodez à tous vos beſoins, vous avez retranché des ſyllables à ceux dont la longueur vous incommodoit, vous en avez ajoûté à d'autres qui vous paroiſſoient trop courts, vous y avez même changé des lettres, & ſouvent vous avez écrit *Nouds* au lieu de *Neuds* pour ne point mettre voſtre eſprit à la torture dans la recherche d'une rime. Lors que noſtre langue ne vous fourniſſoit pas les termes que vous deſiriez pour exprimer vos penſées, vous n'avez point fait difficulté d'en inventer; c'eſt de vous, pourſuivit-il, en regardant Dubartas, que nous tenons *le floſlotant Nerée*, & ſans doute que vous avez pris pour une découverte heureuſe cet autre vers *du Moulin briſegrain la pierre ronde-plate*. Dailleurs vous vous eſtes chargez de mille mots Gaſcons, Poitevins, Normans, Manceaux, & Lyonnois, que fort peu de perſonnes entẽdent; & le jargon des Baſques & du bas-Breton a trouvé chez-vous un azile qui vous fait plus de tort qu'il ne leur profite. En verité ſi l'on en uſoit encore de cette façon il ſeroit bien aiſé de devenir Poëte; on ne manqueroit guere de rime, puis qu'il n'en coûteroit que le changement d'une lettre; on trouveroit toûjours ſa meſure par le retranchement ou par l'addition d'une ſyllable, & l'on ne ſouffriroit point de la pauvreté de la langue, puis qu'on tireroit des mots de tous les jargons.

Deſportes qui meditoit depuis long-temps de ſe vanger du mépris que Malherbe a tousjours fait de ſes Poëſies, ne manqua pas de ſe ſervir de cette occaſion favorable, où le pretexte de la deffence de Ronſard luy donnoit lieu de couvrir ſon animoſité particuliere, & le regardant d'un œil fier & dédaigneux : Je ſay bien, dit-il, que le Prince des Poëtes n'eſt rien pour vous ; ſes ouvrages n'ont pas aſſez de grace pour vous plaire, vôtre gouſt eſt trop delicat pour ſa Poëſie ſavante, & vous n'aviez autrefois acheté ſes œuvres que pour les rayer d'un bout à l'autre comme le Livre du monde le plus méchant. Si chacun étoit auſſi injuſte & capricieux que vous, vos Poëſies courroient riſque d'une ſemblable fortune, & l'on ne feroit point graces à cent baſſeſſes qui s'y rencontrent. Vous êtes bienheureux d'avoir trouvé de l'indulgence dans vôtre siecle, vous en aviez autant de besoin qu'un autre, & j'ay recherché cent fois dans vos Vers, sans le découvrir, ce qui pouvoit leur avoir acquis la réputation qui vous a rendu si vain. S'il y a quelques mots barbares dans Ronsard, s'il a pris des libertez extraordinaires, en recompense de ces choses qui n'étoient pas des fautes dans son temps, il à de l'invention, il est plein de fictions agreables, & l'on voit regner dans ses vers cette divine fureur qui fait les vrais Poëtes : Mais vos meilleures pieces ne sont le plus souvent que des paroles. S'il s'y rencontre quelque belle saillie elle n'est qu'à demy poussée, les forces vous manquent dans les grands desseins, & même aux petites pieces galantes qui doivent briller par tout, vous faites paroistre si peu d'esprit, que je baaille encore quand il m'en souvient. Que vous semble de ces Vers que vous avez faits pour le Ballet de Madame ?

Cette Anne si belle
Qu'on vante si fort,
Pourquoy ne vient-elle,
Vrayment elle a tort.

Son Louys soûpire
Apres ses appas,
Que veut-elle dire
De ne venir pas.

S'il ne la possede
Il s'en va mourir,
Donnons y remede
Allons la querir.

Vous ne pouvez pas vous excuser sur la bassesse du sujet, cela ne se peut pas dire à l'occasion d'une Reyne qui n'inspire rien que de grand & de magnifique.

Cependant ces vers & beaucoup d'autres de même sorte que je pourrois rapporter, n'empéchent pas que vous ne vous donniez de l'encens : Si l'on vous en croit, il n'y eut jamais de plus grand Poëte que vous en France : Toutes les Couronnes des Princes qui ne ſont point faites de voſtre main ſont periſſables : Le plus grand des Rois auroit été malheureux s'il ne vous avoit eu pour témoin de ſes victoires, & afin d'achever voſtre Eloge par vous-même,

Ce que Malherbe écrit dure eternellement.

Vous pouvez demeurer dans cette vaine penſée, ce n'eſt pas mon deſſein de troubler vôtre chimere, mais vous ſaurez qu'il y a de plus grands Poëtes que vous qui n'ont pas tant preſumé de leurs Poëſies, & qui n'ōt ozé dire en faveur de leurs poëmes Epiques, ce que vous dites de quelques ſonnets communs, & de quelques Odes aſſez imparfaites.

Cette remontrance de Deſportes excita un grand bruit ſur le Parnaſſe ; mais à peine commençoit-il à s'appaiſer que de l'Etoile prit la parole, & ſe tournant vers Apollon : Il me ſemble, dit-il, qu'on a fait aſſez de remontrances ſur les écrits des Poëtes ; il eſt temps de parler de leur conduite, puis que c'eſt de là que vient tout le mépris que l'on a fait de la Poëſie. La plus-part de ceux qui ſe mélent de ce bel art ſont dans de continuelles réveries, ils n'ont jamais l'eſprit où ils ſont ; il y a toûjours de l'égarement dans leurs yeux, & au milieu de la plus agreable compagnie il leur arrive des diſtractions qui ne vont pas loin de l'extravagance. Ils ſe laiſſent tellement poſſeder par la fureur Poëtique, qu'ils font des Poëmes en marchant ; ils grimacent dans les ruës comme dans leur cabinet ; & ſi par hazard ils ſont abordez par quelque perſonne de leur connoiſſance, ils paroiſſent tout interdits, & l'on diroit qu'ils ſortent de quelque profonde meditation, ou qu'ils reviennent d'une grande extaſe. Leur chevelure en deſordre, la ſalleté de leur linge, & la figure groteſque de leurs habits déchirez les rendent la riſée des plus ſerieux : Ils donnent des farces au peuple autant de fois qu'ils s'exposent en public. Leur visage de Poëtes est décrié par toutes les ruës, & l'on en fait des peintures sur le Theatre. Il n'est pas croyable combien cette maniere de vivre les rend ridicules; c'est de là que vient cette grande aversion que beaucoup de gens ont pour les vers, & l'on ne met plus guere de difference entre un Poëte & un extravagant.

Vous vous mettez en peine de peu de chose, dit alors brusquement Tristan; laissez vivre les Poëtes à leur fantaisie? Ne savez-vous pas qu'ils n'aiment point la contrainte? Et que vous importe-t-il qu'ils soient mal vétus, pourveu que leurs vers soient magnifiques: Ne vous y trompez point, cette grande negligence d'eux-mêmes est la source des plus belles Poësies; ils ne sont ainsi détachez du monde que pour faire leur Cour aux Muses avec plus d'assiduité; & tandis que leurs yeux vous paroifsent égarez, leur imagination cherche des merveilles qui vous ravissent. Pleût à Dieu, poursuivit-il, que nos Poëtes de Theatre n'eussent que ce défaut, je le leur pardonnerois volontiers : Mais tout au contraire de ceux dont vous parlez, ils sont superbes dans leurs habits ; leur mine est relevée de mille sortes d'ajustemens, & leurs Poëmes sont languissans & destituez de conduite. Quand je parle ainsi j'excepte le fameux Auteur du Cid, qui a porté le Cothurne François aussi haut que celuy d'Athenes & de Rome. Ma plainte ne tombe que sur quelques jeunes gens sans connoissance, dont les Comediens avides de nouveautez prennent tout ce qu'ils leur presentent, & qui mettent leurs noms à des Poëmes, dont ils sont plûtost les heritiers que les Auteurs. Ces Poëtes que revere l'Hôtel de Bourgogne & le Marais, & qui passent pour de grands hommes dans l'esprit des Marchands de la ruë S.

Denys, ne connoissent pas davantage la Poëtique d'Aristote & de Scaliger que le Talmud; Ils n'ont que des bluettes de feu qui ne durent qu'un moment; Ils s'embarrassent dans des intrigues qu'on ne sauroit suivre, & qu'ils ne peuvent eux-mêmes dénoüer: Les sentimens qu'ils donnent à leurs personnages sont bien souvent contraires à leurs interests; & ils appellent une bonne piece quand il y a d'un côté un galimatias brillant, de l'autre un petit mot de tendresse, & ailleurs quelque pensée hardie ou quelque maxime politique, fut-elle dans la bouche d'une soubrette. Ils ont remis sur le Theatre toutes les bouffonneries que l'on en avoit chassées; les Pedans & les Marquis ridicules y tiennent la place des Heros & des Empereurs: Le langage Païsan en a presque banny celuy de la Poësie heroïque, & les postures lascives & indecentes y triomphent des gestes graves & majestueux.

Montfleury parut ſur la fin de cette remontrance, & s'étant roullé aux pieds de la montagne : Je croy, dit-il d'un ton à faire peur à tout le Parnaſſe, que l'on parle icy de la Comedie, & alors ayant découvert Triſtan, Ah! pourſuivit-il, en luy adreſſant la parole, je trouve admirable que vous vous emportiez ſi fort contre les plaiſanteries du Theatre, vous voudriez, je penſe, qu'on ne joüât jamais que Mariane, & qu'il mourût toutes les ſemaines un Mondory à vôtre ſervice. Pleût à Dieu qu'on n'eût jamais fait de Tragedies, je ſerois encore en état de paroître ſur le Theatre de l'Hoſtel, & ſi je n'avois pas la gloire d'y ſoûtenir de grands roolles, & d'y faire le Heros; du moins j'aurois la ſatisfaction d'y folâtrer agreablement, & d'y épanoüir ma ratte dans le Comique. J'ay uſé tous mes poulmons dans ces violens mouvemens de Jalouſie, d'Amour, & d'Ambition. Il a fallu mille fois que j'aye forcé mon temperament à marquer sur mon visage plus de passions qu'il n'y en a dans les caracteres de la Chambre. Souvent je me suis vû obligé de lancer des regards terribles, de rouller impetueusement les yeux dans la tête comme un furieux, de donner de l'effroy par mes grimaces, d'imprimer sur mon front le feu de l'indignation & du dépit, d'y faire succeder en même temps la pâleur de la crainte & de la surprise, d'exprimer les transports de la rage & du desespoir, de crier comme un demoniaque, & par consequent de démonter tous les ressorts de mon corps pour le rendre souple à ces differentes impressions. Qui voudra donc savoir de quoy je suis mort, qu'il ne demande point si c'est de la fiévre, de l'hydropisie, ou de la goutte, mais qu'il sache que c'est d'Andromaque. Nous sommes bien fols de nous mettre si avant dans le cœur des passions, qui n'ont été qu'au bout de la plume de Meſſieurs les Poëtes ; il vaudroit mieux bouffonner toûjours, & crever de rire en divertiſſant le Bourgeois, que crever d'orgueil & de dépit pour ſatisfaire les beaux eſprits. Je voudrois que tous ces compoſeurs de pieces tragiques, ces inventeurs de paſſions à tuer les gens, euſſent comme Corneille un Abbé d'Aubignac ſur les bras, ils ne ſeroient pas ſi furieux : Mais ce qui me fait le plus de dépit, c'eſt qu'Andromaque va devenir plus celebre par la circonſtance de ma mort, & que deſormais il n'y aura plus de Poëte qui ne veüille avoir l'honneur de crever un Comedien en ſa vie.

Comme Monfleury eut achevé, Voiture parut, & fit une remontrance à peu prés de cette ſorte. Ce n'eſt point, dit-il, mon intereſt qui me fait parler, je n'ay point de querelle avec Meſſieurs les Auteurs, & je ne ſuis pas d'humeur à tourmenter les miſerables. Je me plains ſeulement de toutes les plaintes que je viens d'entendre; c'eſt, à mon avis, la reforme à laquelle nous devons penſer, & je ne puis pas comprendre comment des gens raiſonnables, comme ceux qui viennent de paroître avant moy, ne ſe ſont pas aviſez de l'inutilité de leurs remontrances. On veut qu'il ne ſe faſſe plus de méchants Livres : On pretend que tous les traducteurs ſoient des Vaugelas & des Ablancours ; Que tous les Poëtes ſoient des Malherbes & des Corneilles. Hé que deviendroit deſormais tout le papier bleu? Dequoy les Marchands envelopperoient-ils leurs Marchandiſes? Et vous autres Meſſieurs les Auteurs, pourſuivit-il, en ſe tournant du côté des plus fameux, quel auantage auriez-vous ſi les autres vous reſſembloient? L'Empire des belles Lettres a changé comme tous les autres Empires, la difference des Etats s'y eſt introduite; & quoy qu'il ne fût autrefois gouverné que par des perſonnes nobles, les incurſions des barbares l'ont remply d'ames roturieres qui s'y ſont renduës puiſſantes par la multitude. Non non, il ne faut point vous flater, la reforme que vous voulez faire n'eſt rien qu'une belle idée, elle ne peut paſſer que pour un ſonge; & ſi j'en ſuis crû, nous laiſſerons gâter du papier aux méchantes plumes tant qu'il leur plaira. Quelques remedes que nous nous efforcions d'apporter aux deſordres qui troublent les lettres, la demangeaiſon d'écrire qui prend ſans ceſſe à une infinité de gens, les rendra toûjours inutiles. Il n'y a pas moyen que le bon ſens ſe répande dans toutes les têtes qui ſe mêlent de compoſer: Il eſt trop rare pour ſe rendre ſi commun, & je trouve que puis qu'il eſt impoſſible qu'il n'y ait dans le monde des eſprits mal-faits, il vaut encore mieux qu'ils s'occupent dans leur cabinet à former de méchans ouvrages qui ne peuvent bleſſer perſonne, que d'entrer dans les fonctions de la ſocieté civile, où le défaut de jugement ne peut produire que des effets dangereux. Tandis que l'un fera de méchants poulets pour ſa Margoton, qu'un autre écrira de mauvaiſes plaiſanteries à ſon Boucher, ils ne feront point d'attentats contre l'Etat : Pendant qu'ils chercheront le galant & l'agreable, qu'ils diſtilleront tout leur eſprit ſur un billet doux, ils n'auront point dans la tête l'étude de la pierre philoſophale, & la fauſſe monnoye ne ſera point leur occupation ; enfin rien n'empêchera que ces méchans Auteurs ne ſoient d'honnêtes gens & de bons Citoyens dans leur Republique. Que ſi l'on croit neantmoins, pourſuivit-il, qu'un mauvais Ecrivain ſoit un ſi grand mal, & que l'on juge qu'il ſoit abſolument neceſſaire d'en purger la France ; j'ay une recepte mille fois meilleure que tous les Edits du Parnaſſe, & dont la vertu produira des effets tels qu'on les deſire. Il faut pulveriſer quelques exemplaires des plus excellens Livres qu'il y ait dans tous les genres décrire, & établir des Bureaux par tout le Royaume, où l'on distribuera de cette poudre à tous ceux qui se mêleront de composer. Chaque Auteur portera toûjours sur soy sa tabatiere de bel esprit : Si c'est un Traducteur il aura du Vaugelas & de l'Ablancour; si c'est un Avocat, il prendra du Ciceron & du Gautier; un Poëte, du Malherbe, du Corneille & de la pratique du Theatre; un faiseur de pieces galantes; du Sarrazin & du Voiture; car il faut bien que je sois pris, puis que je ne suis plus en état de prendre; un Auteur de Roman, du Durfé, de la Calprenede, & du Scudery purifiez; & jamais les uns ny les autres n'entreprendront aucun ouvrage qu'ils ne le commencent par une prise de la poudre qui sera convenable à leur dessein.

Comme Voiture eût expliqué sa recepte qui parut plaisante à Apollon, Balzac se presenta gravement, & apres avoir toussé deux ou trois fois; Il n'a pas tenu à moy, dit-il, que le bon sens ne soit revenu dans le monde; Je me suis opposé plus qu'aucun autre à la corruption du siecle; J'ay été le tenant contre tous les méchans Livres, je leur ay fait une guerre mortelle tant qu'il m'a resté une goutte d'ancre, & du fond de ma solitude j'ay lancé des foudres plus redoutables aux mauvaises plumes, que ne l'étoient à la Grece ceux de Pericles : J'ay oüy dire autrefois dans mon voisinage, & l'on me l'a même écrit de delà les Monts, que la France ne devoit qu'à moy de ce qu'elle n'étoit plus barbare. Tous les Savans qui habitoient depuis le Tage jusques à la Mer glacée me l'ont juré par mille Lettres, & je le croyois de bonne foy, de crainte de donner un démenty à toute l'Europe. Je reconnois neantmoins qu'il n'est pas possible que la politesse d'un seul homme détruise des armées entieres de Sauvages ; la raison, je dis-mesme la souveraine raison, n'a que de foibles armes contre l'opiniâtreté de ces têtes si mal faites, & j'aimerois autant que l'on m'obligeât à corriger toutes les fautes que fait la Nature sur les visages des hommes, que d'entreprendre la reforme de leurs esprits. Ce qui me console dans ce malheur, c'est que s'il reste encore quelques belles ames sur la terre, je leur ay laissé un azile contre la barbarie ; ils trouveront dans mes Livres de quoy se fortifier contre la contagion des mauvais exemples ; & s'ils ont quelques pretentions à l'Eloquence, je ne leur seray pas un guide inutile pour les y conduire.

Si l'Eloquence, dit Phyllarque, ne consistoit qu'à se loüer extraordinairement, à savoir faire des hyperboles sur ses maladies, & à s'ériger en homme d'Etat, vous seriez sans contestation le premier Orateur du monde. Jamais fecondité ne fut pareille à celle que vous faites paroistre sur ces matieres ; & il n'y avoit que vous au monde capable d'en faire un entretien continu de quarante ans. Si je voulois rassembler tous les passages où vous vous loüez & les joindre à ceux où vous parlez de vos maladies, je n'aurois qu'à vous copier tout entier ; mais on vous connoist bien en ces lieux, & j'espere que vous n'y trouverez pas des Apologies si facilement qu'en l'autre monde.

Je ne suis plus en état, reprit Balzac, & moins encore en humeur de faire des relations à Menandre ; je me contente d'une premiere Apologie, & je ne veux plus toucher à des plaintes qui sont terminées. Ceux qui portent les Couronnes ou qui les esperent, ceux que les dignitez de l'Eglise ou de l'Etat rendent venerables, ceux enfin qui sont les souverains maîtres des sciences & des beaux arts, ont prononcé un arrest en ma faveur, que doivent respecter tous les ſiecles, & ce ſeroit affoiblir la force d'un jugement ſi celebre, que de répondre à ceux qui l'attaquent. Je laiſſe donc les choſes comme elles ſont ; ce n'eſt plus à moy à me deffendre, c'eſt aux Rois, aux Souverains, aux Princes, aux premiers Miniſtres, aux Cardinaux, aux Magiſtrats, aux Philoſophes, aux Poëtes, aux Orateurs, & generalement aux Academies les plus fameuſes de l'Europe, à ſoûtenir une cauſe qu'ils ont jugée, & ne pas permettre que la temerité des Philarques attente à l'authorité de leurs deciſions.

Il y a aſſez long-temps que j'entens parler les autres, dit Giry, il faut que je paroiſſe à mon tour, & que je contribue de quelque choſe à la reforme à laquelle on veut travailler. On devroit, ce me ſemble, arreſter les plumes de certains faiſeurs de Rhetorique qui ſe mêlent de donner des regles pour bien écrire, & qui ne ſavent faire ny de bonne regles, ny de bons diſcours ; on ne voit autre choſe que de ces gens qui vous promettent l'art de bien dire, & qui gâtent l'Eloquence en l'enſeignant. Tous les Carfours ſont tapiſſez de leurs affiches, & j'en ay veu une qui doit perſuader tout le monde de l'extravagance de ces Orateurs en Chambre. Voicy comme elle eſt conceuë.

Ie montreray par experience aux honneſtes gens qui me feront l'honneur d'approuver ma methode.

1. *Que la Rhetorique n'eſt pas une entaſſeuſe de lieux communs, une peſeuſe de periodes; Mais que c'eſt celle que la nature apprit au Prince des Orateurs Romains Antoine ſans les regles de Tiſias, de Corace, ny de Gorgias (& de vray eſt-ce que le Ciel attendoit apres eux pour nous l'apprendre.) Que cette Rhetorique eſt celle qui regnoit vers le Capitole & le Mont Palatin dans le quartier d'Auguſte & de Mecenas, & qui n'ayant autrefois pour Trone qu'une chaiſe de malade & la bouche d'un vieil-*

lard, empécha de ſigner une Paix deſavantageuſe : Enfin que la veritable Eloquence n'eſt autre choſe que la puiſſance de manier l'ame d'autruy comme nous voulons, & de la convertir en la nôtre par des paroles excellemment ſignificatives, qui ſont de fertiles rejaliſſemens d'une raiſon formée à plaiſir par la nature, & cultivée par ſes propres reflexions ; c'eſt à dire que pour diſcourir admirablement on n'a que faire des machines de Raymond Lulle ; mais que les ſentences & les figures doivent venir comme les bons lots à la blanque, & que pour dire des choſes admirables, nous n'avons non plus beſoin des Loix d'Hermogene, que des Edits du grand Mogol.

2. *Que l'imitation des bons Auteurs ne conſiſte pas à leur tirer les penſées, comme un Laquay tire les bottes à ſon Maiſtre.*

3. *Que nous ferons butter tout*

nostre travail à traiter magnifiquement la sagesse, à l'enseigner delicieusement, à faire provision d'un minot de sel Attique pour en jetter jusques sur nos moindres syllabes, & à ne ressembler pas à ces gens qui cultivent plus leurs Iardins que leurs esprits, qui comptent parmy leurs privileges l'exemption de bien écrire, & qui m'ont autrefois reproché que j'étois trop poly pour eux, sans que j'aye pu jamais trouver assez d'adresse en moy pour les en desabuser.

Je ne pense pas qu'il y ait rien de plus plaisant & tout ensemble de plus ridicule que cette affiche: & si l'on n'y prend garde l'Eloquence ne sera plus enseignée que par ces debiteurs de galimatias & ces ennemis du sens commun. Mais que dirayje, adjoûta-t-il, de certains contemplatifs pleins de vanité, qui se persuadant que tout se doit conformer à la regle de leur imagination, font l'esprit de Cour comme s'ils étoient des Ducs de Guyſe ou de S. Aignan. Ils ſe forment une galanterie Bourgeoiſe ou Pedanteſque qu'ils produiſent comme le modele de la veritable, & pendant qu'on brûle & qu'on déchire leurs Livres à Paris, ils ſont adorez dans les Provinces, & on les apprend par cœur comme des Oracles. Il n'y a point de bel eſprit campagnard qui ne les debite tout crus dans ſes entretiens; & pourveu que la memoire ne luy manque point, il jureroit de donner le reſte aux plus grands Courtiſans de France. C'eſt avec cela qu'on fait tant de conqueſtes auprés des beautez provinciales, & il n'y en a point entre elles qui tienne bon contre une periode quatre membres, & contre un compliment plein de ces grands mots de *Ie meure* & d'*Aſſurement*.

Ce qui vient d'être repreſenté par Giry, dit Gombault, eſt fort judicieuſement remarqué, mais je penſe qu'on ne trouvera pas moins raiſonnable ce que je vais dire. L'on n'entend plus parler aujourd'huy que de faiseurs de portraits; toutes les jeunes plumes sont malades de cette furie; Il n'y a point de petit Abbé de deux jours qui ne debutte par là pour faire sa cour; & pourveu qu'il puisse dire que sa Cloris a les cheveux luisans & deliez, que les amours se joüent sur son front, que son tein est plus vermeil qu'une rose, & plus blanc qu'albâtre, que ses yeux sont noirs & bien fendus, que son nez est d'une grandeur proportionnée à tout le reste de son visage, que sa bouche est petite, que ses lévres sont d'un rouge plus vif que le coral, que ses dents ont plus de blancheur que l'yvoire, que sa gorge est bien taillée, & qu'elle est soûtenuë de deux globes animez qui repoussent fierement le voile qui les cache comme s'ils étoient indignez de leur prison: Pourveu enfin qu'ils pillent le portrait d'Iris, & qu'ils en ajustent toutes les pensées à leurs portraits ridicules, ils s'imaginent avoir fait des efforts dignes d'être admirez dans les ruelles les plus galantes.

Il faut, interrompit un Auteur que je ne connoissois pas, il faut, dit-il, pardonner à leur jeunesse; mais je ne pense pas qu'il soit possible de souffrir la mauvaise affectation de certaines gens qui font consister toute l'excellence d'un Livre dans le titre, & qui croyent beaucoup meriter des Lettres quand ils ont trompé le public par cette supercherie. Que veut dire ce titre *La verité du vuide contre le vuide de la verité*; & parce qu'*Amours, Amitiez, Amourettes* a passé pour un titre assez agreable, s'ensuit-il que *Fleurs, Fleurettes & Passe-temps* soit receu de même sorte. Dés que l'on voit quelque chose generalement approuvé; mille plumes s'efforcent d'en faire de méchantes copies. Que quelques Vers agreables & faits à propos ayent été recompensez par le Roy, il n'en faut pas davantage pour réveiller la veine de tous les

Poëtes, il n'y a point de miserable Versificateur qui ne mette une Ode sous la presse pour en accabler sa Majesté, & il ne croyroit-pas estre satisfait s'il n'envoyoit son Prince planter ses pavillons sur les murs de Memphis & de Babylone.

Si je n'y prenois garde, dit Sarrazin, on oubliroit à parler de ces esprits forts qui dans leurs sublimes speculations ne se mêlent pas moins que de la conduite des Etats & de la fortune des peuples. Je voudrois bien qu'il y eût plus de solidité dans les têtes de ces Politiques, qu'ils ne s'égarrassent point tant dans le champ vaste de la vray-semblance, & que leurs projets s'accommodassent mieux à nôtre foiblesse : Il leur est aisé de trouver dans leur cabinet les moyens d'abattre la puissance du Croissant; mais leur cabinet n'est pas la mer ny la campagne, & ces destructeurs d'Empires vont plus viste la plume à la main qu'ils ne feroient s'ils étoient à la tête de cent mille hommes. Y a-t-il rien de plus plaisant que lors qu'ils pretendent établir une Paix generale par tout le monde ! N'est-ce pas autant que s'ils disoient, Nous voulons que toute la terre ne parle qu'une même langue, qu'elle n'ait qu'une mesme loy, qu'elle se gouverne par la Coutume de Paris, & que desormais il n'y ait plus de nuages en l'air. Voila où vont à peu prés les raisonnemens de ces grands hommes, & le Peuple étonné de leurs grands desseins les regarde comme les plus fermes colomnes de la Republique, pendant que les sages les considerent comme des Philosophes capitans & visionnaires qui ne font des conquestes que par Platon & par Aristote.

Sarrazin n'avoit pas encore achevé ces mots, que j'apperceus un grand nombre de Heros & d'Heroïnes qui avoient été mandez par Apollon pour la reforme des Romans : Le premier d'entre eux qui prit la parole fut Theagene,

& ſon diſcours le fit d'abord reconnoître.

L'on a décrit, dit-il, mes amours pour la belle Cariclée, elles ont paſſé chez toutes les Nations de la terre; on les lit en toutes les Langues, & nos entretiens ſecrets ſont devenus des converſations publiques. Si l'on avoit rapporté fidellement les choſes comme elles ont été faites, je n'aurois pas ſujet de m'en plaindre, je laiſſerois mon Romaniſte en repos : mais on me dépeint comme un inſenſible, on m'attribuë une ſotte pudeur qui s'offence des moindres libertez, & l'on aime mieux que je donne un ſoufflet à ma Maîtreſſe que de permettre qu'elle me baiſe.

C'eſt à moy, interrompit Cariclée, à me plaindre du ſoufflet dont vous parlez ; s'il y a de la honte à l'avoir donné, il y en a plus encore à l'avoir receu, & la reparation que vous pourriez pretendre contre Heliodore, me regarde toute ſeule.

Bien loin que je vous doive quelque reparation, dit alors Heliodore, ſçahez qu'une juſte reconnoiſſance de l'immortalité que je vous ay procurée, vous oblige l'un & l'autre de me reſpecter. Le ſoufflet qui vous eſt ſi ſenſible eſt la preuve de vôtre pudeur, pourſuivit il, en regardant Theagene, c'eſt l'effet d'une ſageſſe qui vous eſt avantageuſe, & par là j'ay conſervé cette bien-ſeance où m'engageoit la dignité de mon caractere.

Il eſt vray, reprit Theagene, que pour un Evêque vous avez bien fait vôtre perſonnage en cet endroit, mais vous l'auriez encore mieux repreſenté ſi vous aviez brûlé vôtre Roman, ou ſi vous n'aviez jamais eu la penſée de le compoſer. Les Amans n'ont que faire des vertus Epiſcopales, & les Evêques ne s'accordent pas bien avec les libertez des Amans. Une chaſteté Veſtale ſied mal aux Heros, & leur amour doit être détaché de toutes ces formalitez ſcrupuleuſes qui en arrêtent les nobles transports & les emportemens agreables. L'immortalité dont vous pretendez que je vous remercie, est à le bien prendre, la plus cruelle de vos faveurs ; elle fera vivre ma honte dans la memoire des hommes, & il n'y aura que la fin des siecles qui puisse effacer le soufflet de Cariclée.

Heliodore voyant que sa faute ne se pouvoit excuser, se retira adroitement, & fit place à la belle Astreé dont les yeux ardans & le visage chargé d'une rougeur plus grande qu'à l'ordinaire, témoignoient que son ame étoit agitée de quelque passion violente. Apollon qui s'en apperceut luy demanda la cause de ce changement, & voicy ce que cette aimable Bergere luy répondit.

Il y a long-temps, dit-elle, que je tiens captif le ressentiment d'une injure que l'on m'a faite. J'ay voulu la dissimuler autant que j'ay pû, mais enfin je me suis persuadée que je trahirois mon honneur si je n'en pourſuivois la vengeance ; & ſi parmy les plaintes de tout le Parnaſſe je ne mêlois les miennes qui ſont plus legitimes que toutes les autres. C'eſt vous, pourſuivit-elle en jettant les yeux ſur Durfé, c'eſt vous qui êtes l'auteur de l'injure dont je me plains, & vôtre plume temeraire a jetté des traits dans mon Hiſtoire qui me bleſſent dans la partie de l'ame la plus ſenſible. Je ne ſuis pas plus delicate qu'une autre, pourſuivit-elle, j'excuſe les emportemens amoureux, lors qu'une paſſion toute pure les produit, un baiſer ſurpris galamment n'éfaroucha jamais ma pudeur ; & je ſay qu'il y a de petites privautez que l'amour inſpire, & que la raiſon ne condamne pas. Mais quand je conſidere que je ſuis une des trois Bergeres que vous preſentez à Celadon toutes nuës, de quel œil puis-je regarder une avanture ſi injurieuſe à ma vie ? Et ne dois-je pas croire, ou que vous avez eu mauvaiſe opinion de ma pudeur, ou que vous m'avez prise pour une esclave que vous vouliez vendre à ce Berger. Si je ne me flatte point dans ma beauté, je croy que mon visage tout seul pouvoit bien faire une conqueste; Il y avoit assez de feu dans mes yeux pour brûler un cœur, & je puis dire sans presumer trop, que ma nudité n'étoit point de l'essence de ma victoire.

Celadon voulut prendre le party de Durfé, mais Sylvandre luy dérobant la parole : Il ne faut point, dit-il, perdre le temps en des discours inutiles; ce jour consacré à la reforme ne doit être employé qu'à des remontrances serieuses; & ce n'est point icy le lieu d'excuser une nudité qui ne peut être défenduë que par de mauvaises raisons. Oüy, poursuivit-il, en se retournant vers Durfé, vous avez bien fait des choses à la legere, & pour ne point sortir de moy-même, n'est-il pas étrange que vous me fassiez quitter la fameuse Ecole des

Maſſiliens pour me traveſtir en Berger, & me faire debiter ſous cet habit de grandes leçons Philoſophiques capables d'épouventer toutes les Bergeres. Avois-je amaſſé tant de ſcience pour la voir perir dans un Roman ? Mes raiſonnemens graves & ſerieux devoient-ils ſe perdre ſous les bocages ? Et faloit-il que n'ayant à paſſer pour habile homme qu'une ſeule fois en ma vie, je ne le fuſſe qu'à contre-temps ? N'eſperez pas que je vous pardonne jamais cette imprudence, j'en demande juſtice à Apollon, & je ne ſuis pas homme à me laiſſer prendre à l'éclat d'une pannetiere de ſoye & d'une houlette d'argent.

Durfé plein de dépit de ne ſavoir que répondre aux remonſtrances d'Aſtrée & de Sylvandre, déchargea ſa colere contre ſon continuateur Baro. Quelle fantaiſie vous a pris, luy dit-il, de continuer mon ouvrage pour corrompre par une mauvaiſe conclusion les beautez d'un commencement qui s'est fait par tout des admirateurs ? Quel droit aviez-vous sur mon dessein & sur mes pensées pour vous en saisir apres ma mort ? Et faut-il qu'une mauvaise pitié que vous témoignez avoir euë de ce que mon Roman étoit imparfait, vous ait conseillé de l'achever pour le rendre encore plus défectueux. Vous me direz peut être que vous ne m'avez point fait de tort, & qu'on ne m'accusera jamais de vos fautes : Si cela étoit ainsi, je vous les pardonnerois volontiers : Mais on croira toûjours que vous avez travaillé sur mes memoires. On se souviendra que vous avez été mon Secretaire ; que dans les Conferences que nous avons euës autrefois ensemble, je vous ay découvert tout mon dessein, & de cette sorte j'auray la meilleure part dans vôtre ouvrage, & mon nom recevra tous les reproches qui devroient tomber sur le vôtre. Je ne veux point entrer dans le détail de toutes les choſes qu'on pourroit juſtement reprendre dans voſtre continuation, vous les voyez maintenant auſſi bien que moy ; vôtre eſprit libre & dégagé des vapeurs terreſtres qui l'offuſquoient, connoiſt toutes ſes erreurs ; mais en verité je ne puis me taire de ce dénoüement que vous faites par des clefs, je ne comprens pas quel rapport elles ont avec les amours de vos trois Bergeres : Et ſi vous n'aviez les railleurs de vôtre côté qui diront que vous voulez donner à ces filles la clef des champs, il ſeroit impoſſible de penetrer dans les Miſteres de ce dénoüement.

Durfé s'alloit emporter plus loin, quand tout d'un coup Polexandre fendit la preſſe, & fit remarquer ſur ſon viſage tous les caracteres d'un homme irrité. On veut, dit-il, que j'aye été l'un des plus celebres Romans, le bruit commun tâche de me perſuader que je faiſois autrefois le plaiſir de toutes les belles Cours ; & quoy que ma domination ne s'étende que ſur les Iſles de Canarie, j'apprens neantmoins que j'ay eu une reputation pareille à celle des Ceſars. Je ne ſay pas bien ſi toutes ces choſes ſont veritables ; mais quoy qu'il en ſoit elles n'empêchent pas qu'on ne m'ait rendu le plus viſionnaire de tous les amans. On me fait aimer la Reine de l'Iſle inviſible ; Je cours perpetuellement apres elle ſans ſavoir où je dois aller pour la rencontrer ; Je paſſe la plus grande partie de ma vie à la demander aux arbres, aux oyſeaux, aux rochers, & generalement à tout ce qui s'offre à ma veuë, & je pouſſe à toute heure des ſoûpirs qui ne ſavent non plus que moy où je les envoye. Ce ſeroit peu neantmoins ſi j'en demeurois à des ſoûpirs ; mais mon Romaniſte porte ma viſion au delà, il me fait embraſſer la condition d'un eſclave, & c'eſt dans ce bel état que je voy la Reine de l'Iſle inviſible, & qu'elle me croit digne de l'épouſer. Tant que je ſuis Roy des Canaries, on ſe donne bien de garde de me la montrer, cette inviſible n'aime point les Rois, & ce ſont des *Monſtres* effroyables pour elle; mais lors que je parois tout chargé de fers, quand je repreſente un miſerable eſclave d'Afrique, alors cette Heroïne veut bien paroître, & ſon cœur ennemy du Diadême trouve ce qu'il luy faut dans ma ſervitude. Si l'on appelle heroïque cette maniere d'aimer, c'eſt ce que je laiſſe à juger aux Muſes; pour moy je ne veux point être Heros à ce prix-là, & je m'étonne comment on eſt venu déterrer mon nom juſques dans des lieux détachez du monde pour ſe faire Auteur à mes dépens. Je ne penſois pas que la Juriſdiction d'un faiſeur de Livres deût s'étendre ſi avant: Il y avoit ce me ſemble, aſſez d'autres Hiſtoires à gâter ſans la mienne, & il n'étoit point neceſſaire de me tirer de ſi loin pour me montrer comme un fanatique.

Ne prenez-point je vous prie, interrompit Almanzor, la qualité de Visionaire où je suis; cette Epithete n'appartient qu'à moy, & je deffy tous les Heros de Roman d'oser me la contester apres le titre autentique qui me la donne. Je suis le seul qui ay droit de dire qu'Alcidiane est ma chimere; & vous ne me la sauriez contester sans injustice. Car dites-moy, je vous prie, que pourriez vous faire davantage pour Alcidiane même, que ce que j'ay fait pour son ombre; vous savez que je ne l'ay jamais connuë qu'en peinture, & l'idée que je puis en avoir euë ne vient que de son portrait que je vous ay dérobé; cependant sur cette legere idée il me prend une frenesie amoureuse qui trouble mes sens, qui renverse mon esprit, qui me fait renoncer à un grand Empire, & par une generosité dont j'aurois grande peine à vous rendre une bonne raison, je me tuë en original pour cette copie, & j'ordonne qu'apres ma mort on porte mon cœur à Alcidiane. Rien n'eſt égal à l'empreſſement qu'on me fait avoir pour le baſtiment de mon tombeau, moy-même j'en donne les ordres, & j'aurois pris moins de plaiſir à faire conſtruire un Magnifique Palais, où quelque jour j'aurois pû poſſeder cette Heroïne, que j'en eus à regler toutes les choſes de cet appareil lugubre. Voila, ce me ſemble, gagner une chimere fort réellement, & je ne voy pas que vous y puiſſiez pretendre tant que durera la memoire de cette action.

Il eſt vray, ajoûta-t-il, que vous faites beaucoup de tours pour trouver l'Iſle inviſible; mais ce ne ſont que des pas perdus, Alcidiane que vous aviez veuë les meritoit bien : Et quant à vôtre eſclavage, vous auriez tort de vous en plaindre; puis qu'il vous donne ce que vous cherchiez. Polexandre ſe rendit à ces raiſons, il laiſſa Almanzor paiſible poſſeſſeur de ſa viſion, & il ſe contenta de la Reine de l'Iſle inviſible.

Pour moy, dit Ariane, je ne ſuis point ſi facile à ſatisfaire que ces deux Heros, & ce n'eſt pas une chimere que l'iniure que l'on m'a faite. On ne trouve chez-moy que des lieux infames; chaque Livre en fournit un pour le moins, & les Heros du Roman ſont ſi bien accoûtumez à frequenter ces endroits, qu'on les prendroit pour des Soldats aux Gardes ou des Mouſquetaires. Me rendre viſite, & aller au (vous m'entendez bien) n'eſt plus qu'une même choſe; on confond maintenant l'un avec l'autre, & je ſuis devenuë le repertoire de tous les bons lieux.

Je ne m'étonne point apres cela ſi l'on me fait paroître nuë, il y auroit eu de l'irregularité d'en avoir uſé d'autre ſorte; & puis qu'Aſtrée qui n'avoit pas l'avantage du lieu comme moy, ſe montre à Celadon en cette poſture, il étoit d'une neceſſité indiſpenſable que j'en fiſſe autant. Je ne ſay pas ſi mon Auteur a fait cette reflexion ; mais je voudrois bien qu'elle ne fût pas si juste, mon honneur & le sien s'en trouveroient mieux.

Enfin pour achever l'histoire de mon Roman, j'épouse un Heros dont le merite est de bien faire le Comedien, & de donner du divertissement au public par la douceur de sa voix, & par le recit de quelques Poësies. On fait du défaut de l'Empereur Neron toute la vertu de Melinthe, on aime mieux le representer tenant sa partie dans un concert que signalant sa valeur dans une bataille, & l'on fonde toute sa gloire sur les qualitez de baladin plûtost que sur celles de Conquerant. C'est en consideration de toutes ces choses que l'Empereur luy accorde des privileges, & des immunitez pour la Sicile, & sans doute que mon Auteur qui n'étoit pas moins sensible que Neron au merite d'un Comedien, a crû devoir imiter la generosité de ce Prince, en me donnant à Melinthe pour le prix de sa belle voix

& de ses recits agreables.

Ce que vous dites, interrompit Melinthe, ne m'est pas plus avantageux qu'à vous ; mais que pouvoit-on attendre d'un composeur de Romans qui fait enlever un pavillon par un Aigle ; croyez-moy, laissez rompre le pavillon & tout l'équipage de guerre qu'il renfermoit, ne vous mettez pas en peine d'un Aigle crevé, & riez de mes Comedies comme je ris de vos bons lieux.

Alors l'illustre Bassa se sentant réveillé par la presence de Scudery, qu'il prenoit pour être l'Auteur de son Roman ; Avancez, luy dit-il, Monsieur mon Historien, je vous attendois il y a long-temps pour vous faire rendre compte de vôtre ouvrage ? Je pense que, graces à vos soins, on me met au nombre des Heros ; on dit que je marche à côté des Cyrus & des Faramonds, & tout iroit assez bien pour moy si vous m'aviez fait meilleur Chrêtien. Apprenez-moy, je vous prie, ſi c'eſt une vertu heroïque de diſſimuler ſa Religion ? J'avois toûjours crû que la feinte ne valloit rien en cela, qu'elle étoit encore plus honteuſe aux grands Princes qu'au vulgaire, & qu'il falloit, en cas de foy ſe montrer tel au dehors que l'on eſt veritablement au dedans : Mais je me trompe peut-être, & il ſe peut faire qu'un habile Theologien comme vous, aura des raiſons qui me gueriront de ce ſcrupule. Il vous ſouvient bien que vous m'avez rendu Turc en apparence, & que vous avez relegué au fond de mon cœur tous les ſentimens de ma veritable Religion ; Je ne ſay pas même ſi pour mieux impoſer aux peuples vous ne m'avez point fait circoncire, c'étoit une circonſtance eſſentielle à mon déguiſement ; mais quoy qu'il en ſoit, il eſt certain que toute l'Europe & l'Aſie ne m'ont point pris pour ce que j'étois. Deffendez-moy donc de cette diſſimulation que l'on me reproche par tout ; & faites-moy voir que ceux qui me traittent de fourbe & d'imposteur sont des ignorans en politique de Roman.

Scudery voulut s'échapper, mais l'illustre Bassa le retenant par le bras : Si vous ne pouvez, luy dit-il, me satisfaire sur cet article, il faut au moins que vous me rendiez raison d'un autre qui m'est aussi fort important. C'est de mon mariage dont je veux parler, & certes vous êtes inimitable en cet endroit ; car je ne say point de Heros qu'on fasse cocu plus bonnement que vous me le faites. Si vous aviez aussi bien caché mes cornes que ma religion, il faudroit être assez fin pour les découvrir ; mais vous les avez mises en si beau jour, qu'elles sautent aux yeux des plus grossiers ; la femme que vous me donnez n'est pas novice Dieu mercy, elle a de l'experience, & trois mois de demeure dans le Serrail, font bien juger que je n'avois rien de nouveau à luy apprendre. Vous n'ignorez pas qu'il n'y a que les Eunuques qui entrent dans ce lieu pour n'y rien faire, & celuy qui le nommoit la Bibliotheque des pucelages, n'avoit pas rencontré si juste que celuy qui l'en appelloit l'abysme; mais c'est dequoy vous ne vous mettez pas en peine, & il n'y a point de mal, à vôtre avis, de faire un cocu par écrit. Cependant, à le bien prendre, ce sont les plus malheureux que ceux-là; les autres trouvent dans la mort la fin de leur des-honneur; mais quand une fois on est cocu par un Livre, on en a pour jusques à la derniere posterité.

Quelque adresse que vous ayez il est difficile que vous vous sauviez de ce pas de clerc, & je reconnois à vôtre mine, que vous aurez autant de peine à vous en tirer que des quatre cent lieuës par terre que vous faites faire à ma flotte. Il me semble, si je n'ay point perdu la memoire, avoir oüy dire que vous me faites partir du Port de Constantinople,

stantinople, & qu'au bout de trois semaines, ou environ, mes vaisseaux se trouvent dans la Mer Caspie. Certainement le Navire des Argonautes avec ses aisles n'a jamais fait un si beau trajet : Les Histoires n'ont point d'exemple d'un si beau saut ; & si par quelque prodige digne de vous, vous ne rendez la terre navigable, il n'y a pas moyen que les Geographes vous pardonnent cette méprise.

Scudery qui meditoit sa fuite de crainte de recevoir quelque mauvais traitement de ce Heros, s'échappa subtilement de ses mains, & dans le même temps Alexandre se fit faire place avec grand bruit, & s'adressant tout d'un coup à la Calprenede : Si de celebres Historiens, dit-il, n'avoient décrit la verité de mes actions heroïques, & si leurs Livres n'eussent conservé toute la gloire que je me suis acquise par les armes, je ferois une belle figure dans vôtre Cassandre ? Il semble, poursuivit-il, que vous ayez pris plaisir à détruire les veritez les plus éclatantes de ma vie : Vous mêlez toûjours quelque disgrace dans mes combats & dans mes amours, & comme je ne remporte point de victoire sans recevoir quelque blessure d'Orondate, je n'ay point de femme ny de Maîtresse qui ne me manque de fidelité, mêmes pour un Scythe. Orondate caché dans une ruelle, ne découvre-t il pas ses habitudes secretes avec Statyra ? Que vous semble-t-il de la cheûte que vous faites faire à ce grand étourdy dans ce bel endroit ? Et à qui croyez-vous de luy ou de moy que le coup en soit plus sensible ? Il tombe un peu trop lourdement pour un Heros, on s'estropie quelquefois à moins ; mais si vous songez que cette cheûte ne m'arrache d'un profond assoupissement, que pour me presenter l'infidelité de ma femme à mon réveil, vous confesserez sans doute que je suis plus dangereusement blessé qu'Orondate, & que le contre-coup de sa cheûte porte à ma tête une playe que l'art du divin Apollon, devant qui je parle, ne sauroit guerir. Je ne suis point visionaire ; la jalousie n'a jamais eu assez de force sur mon esprit pour me donner de fausses allarmes ; mais quand je serois assez bon pour ne rien soupçonner d'Orondate en cette rencontre, les Lecteurs ne seroient pas si indulgens que moy, & je serois le seul qui ne verroit rien de mes cornes.

Voila pour ce qui regarde Statyra : quant à Roxane, la chose ne reçoit pas davantage de difficulté, & sa galanterie est assez visible, son amour pour Orondate n'est point ambigu, elle fait bien tout ce qu'il faut pour l'éclaircir, & ce n'est pas pour rien qu'elle paroist toute nuë devant les valets de ce beau galant. Avoüez-le de bonne foy, mon honneur ne vous touche gueres pour le prostituer si honteusement ; Il semble qu'une nudité ne ſoit pour vous qu'une bagatelle : Mais quand vous en faites le ſpectacle des valets, que voulez-vous que l'on juge en faveur du Maître.

Voyons maintenant ſi vous me rendez plus heureux en Maiſtreſſe que je ne le ſuis en femmes.

Vous ne pouvez pas diſconvenir que Taleſtris n'ait eu de la tendreſſe pour moy. Si vous avez bien lû mes Hiſtoriens, comme je n'en doute pas, vous avez dû voir que cette Reine des Amaſones ne fut point rebelle à mes vœux ; & ſans me ſervir de détours, vous ſavez que j'en ay receu les dernieres faveurs : Cependant vous me dérobez impitoyablement cette conquête amoureuſe, vous me refuſez le cœur de cette bonne Heroïne, & d'un même trait de plume vous effacez la verité de l'Hiſtoire, & la beauté de mes amourettes.

Il ne me reſte donc plus qu'Hermionne ? Mais je vous baiſe les mains du preſent que vous m'en faites : Elle n'eſt pas, pourſuivit-il d'un ton railleur, assez megere pour moy, elle n'a tué que son mary, vous deviez encore luy faire égorger ses enfans si elle en avoit, & la faire décendre en droite ligne de quelque famille des Antropofages. Les Heros, poursuivit-il d'un même ton, aiment le sang, comme vous savez, l'humanité ne les accommode pas, & comme ils sont nez pour porter la terreur & l'épouvante en tous lieux, ils ne sauroient trop s'accoûtumer au carnage, & chez-eux tout doit être Turc, jusques à leurs Maistresses.

Pendant qu'Alexandre parloit de la sorte, je jettay les yeux sur la Calprenede, dont le visage triste & défait témoignoit la grandeur de son dépit; mais aussi-tost j'apperceus Cyrus, qui tournant fierement la veuë sur Scudery, soit, dit-il, que vous ou un autre m'ait travesty en Roman, il est toûjours bien certain que vous avez eu part à cet ouvrage, la voix publique vous l'attribuë mémes tout entier, & je ne puis me prendre maintenant qu'à vous de toutes les fautes qui s'y rencontrent : Je n'eus jamais d'autre but de mes Conquêtes que la gloire, c'est pour elle que j'ay affronté les perils, & tant de batailles gagnées ne sont que les effets du noble feu qu'elle m'inspiroit. Cependant vous changez la face des choses, vous m'arrachez ce divin objet de mes victoires, & vous voulez que l'amour soit le principe qui me fait agir, & la machine qui renverse tous les efforts de mes ennemis. Je sçay bien que les Heros doivent aimer; mais il ne faut point que l'amour emporte le pas sur la gloire, elle naist dans l'ame des grands hommes toute la premiere, elle est la fin de toutes leurs entreprises, & les Myrthes ont moins de charmes pour eux que les Lauriers.

Peut-estre, ajoûta-t-il, ne demeurerez-vous pas d'accord de cette maxime, vous me répondrez que l'amour est la passion dominante des Romans, & que ſans elle tout y languiroit. A la bonne heure ſi cela eſt de la ſorte; mais au moins vous deviez me rendre amoureux d'une perſonne qui fût digne des conqueſtes que je luy ſacrifie, & il faloit me donner une Heroïne à qui l'on ne pût faire aucuns reproches.

Vous jugez bien ſans doute par ce diſcours que je ne ſuis pas content de Mandane, & certes que voulez-vous que je penſe d'elle apres tous les enlevemens qui luy arrivent? Dois-je croire qu'elle ſort bien pure des mains de quatre raviſſeurs? & les moins clair-voyans dans ces Myſteres peuvent-ils douter que vous ne me donniez le reſte des autres? Vous deviez, ce me ſemble, mettre ſa pudeur à d'autres épreuves? Celles-là ſont un peu trop fortes pour une choſe ſi freſle, & Mandane n'eſtoit pas une place qui pût reſiſter à tant d'aſſauts: Peut-eſtre ſe fût-elle bien tirée d'un premier enlevement; je veux croire qu'elle auroit eu aſſez de vertu pour ne ſe pas rendre tout d'un coup, & ſon honneur ſe pouvoit ſauver ſans miracle de ce mauvais pas: Mais les recheûtes ſont mortelles dans ces matieres : vn ſecond enlevement ravage tout, & une heroïne qui n'a plus que les reſtes d'une fermeté ébranlée, ou peut-eſtre moins encore, ne fait que des efforts inutiles pour ſa déſenſe.

J'aurois beaucoup d'autres plaintes à faire contre voſtre Roman; je pourrois vous demander pourquoy je preſte l'oreille à mille petites nouvelles indifferentes, lors même que je ſuis preſt à combatre, & par quelle raiſon vous me faites entendre une hiſtoire où je n'ay point de part, en un temps que je ſuis priſonnier de Tomiris, & que l'indifference de ma Maiſtreſſe me jette dans le deſeſpoir : Mais tout cela ne vous touche point, & vous paſſez trop doux ſur les enlevemens de Mandane pour vous arrêter à ces minuties.

Cette remontrance de Cyrus fut ſuivie de celle de Mariane : On voyoit dans l'air de cette Princeſſe les marques d'une affliction extraordinaire, & apres qu'elle eut lancé pluſieurs regards pleins de menaces ſur la Calprenede : Ne pouvois-je, luy dit-elle, avoir place dans voſtre Cleopatre qu'en y paſſant pour une coquette? Eſt-ce que ma chaſteté vous incommodoit? Et me trouviez-vous plus heroïne en donnant un baiſer à Tiridate, qu'en le luy refuſant? vous avez pris un Empire trop abſolu ſur mes actions; Je ne croyois pas qu'on oſât jamais ſe joüer ainſi du ſang illuſtre des Macabées; je n'apprehendois point de fournir d'entretien aux Fables & aux Romans apres avoir été la merveille des Hiſtoires ſaintes, & je ne voyois rien dans ma vie qui pût ſervir de matiere à des Vaudevilles. Vous les ſavez ces Chanſons, dans leſquelles on ſe raille ſi inſolemment de ma vertu : Ce ſont elles qui m'envoyent aux Feüillantines, & qui réveillent la jalouſie d'Herode que plus de mille ans avoient aſſoupie. Je joüiſſois dans une agreable tranquillité de la belle reputation que ma mort m'avoit aquiſe ; Je voyois Herode á mes pieds me demander pardon de l'aveuglement de ſa fureur ; Il condamnoit à tous momens l'injuſte ſoupçon qu'il avoit conceu de ma conduite, & j'avois le plaiſir de recevoir une ſatisfaction toute entiere de l'offence qu'il m'avoit faite. Cependant voicy nos vieilles diſſentions rallumées, ce Prince eſt rentré dans les premiers tranſports de ſa jalouſie ; Je ne puis plus mourir pour le détromper, & il prend pour des veritez indubitables tous les contes que vous faites de moy dans Cleopatre.

Mariane en auroit dit davantage, mais la douleur qui la ſuffoquoit ne luy permettant pas d'achever,

Cesarion prit la parole, & s'adressant à la Calprenede : Vous voyez bien, dit-il, maintenant l'état où vous reduisez cette Princesse; mais vous ne vous ressouvenez plus peut-estre de celuy où vous m'avez mis. Vous faites un miracle pour moy qui me met au desespoir : J'étois mort jeune, comme vous savez, Auguste ne trouva pas à propos que je vécusse, & il me chassa du monde presque aussi-tost que j'y fus entré. S'il me fit plaisir ou non par une mort si avancée, c'est ce que je ne saurois dire; mais je say bien que sa cruauté fut moins fâcheuse que la charité que vous avez euë de me ressusciter. Je ne saurois, continua-t-il, parler autrement quand je me remets dans l'esprit Candace pour qui vous me faites revivre. Elle avoit la peau noire & toute brûlée, ses yeux agars effarouchoient tous les regardans, son nez étalloit deux amples narines toûjours enflées comme les voiles d'un Navire, sa bouche se joignoit à ses oreilles, ses lévres étoient un charbon, sa gorge de couleur de suye étoit soûtenuë de deux globes qui ressembloient à peu prez à deux boulets de canon quand ils reviennent de la mélée, & sur tout cela un air d'Archer se répandoit sur son visage, & animoit toutes ses démarches. Voila sa veritable figure, & quoy que vous la representiez autrement, je suis seur que mon portrait est plus fidelle que le vostre; puis que non seulement elle étoit d'Ethiopie; mais encore la Reine des Ethiopiennes. Sans mentir on ne pouvoit pas me ressusciter plus mal à propos, & pour me faire épouser un monstre il ne faloit pas me retirer des Enfers.

Faramond poussé d'un sentiment de reconnoissance envers la Calprenede, voulut rendre à la beauté de son Roman les Eloges qui luy sont deus. Je viens d'entendre, dit-il, plusieurs plaintes contre mon Romaniſte, je ne ſay ſi elles ſont juſtes ou non, peut-eſtre n'a-t-il pas tant de tort que l'on veut le perſuader ; mais quoy qu'il en ſoit, je pretens que ce qu'il a fait pour moy doit excuſer toutes ſes fautes. N'eſt-ce pas aſſez, pourſuivit-il ; d'avoir fait un bel ouvrage ? Si l'on en pouvoit dire autant de tous les Auteurs, il n'y auroit pas aujourd'huy tant de bruit ſur le Parnaſſe, & même quand ce bon ouvrage eſt le dernier, ne justifie-il pas tous les autres qui doivent être reputez comme ſes preludes. Ce n'eſt pas qu'il n'y ait quelque choſe à reprendre dans mon Roman ; mais où m'en trouvera-t-on un qui ſoit parfait. Pour un Auteur Cavalier, comme la Calprenede, c'eſt beaucoup que de ſavoir parler bon François ; s'il étoit ſi juſte par tout, il ne ſentiroit pas aſſez ſon homme de Cour, & il en eſt de même d'un bel eſprit comme d'un galant homme à qui une exacte regularité ſeroit un défaut. Je me declare donc tout entier en sa faveur; Je le défendray genereusement contre la colere d'Alexandre, de Mariane, & de Cesarion: Mais je jure en plein Parnasse que si le continuateur de ce grand ouvrage ne se soûtient dans la force des premiers Tomes, il n'y aura point de quartier pour luy; Car on ne sauroit punir trop severement la temerité d'une plume qui défigure l'ouvrage d'un autre. Je ne suis pas mal satisfait de son travail, je voudrois bien seulement qu'il n'eût pas fait un volume entier de l'Histoire de Constantin, elle languit un peu trop, & sans la beauté de son langage qui réveille le Lecteur, elle seroit ennuyeuse. Il l'a bien apperceu luy-même; car il s'en est corrigé aux Tomes suivans, & ce qui fait que je tire un bon augure pour tout le reste, c'est qu'il a toûjours augmenté ses forces en avançant, & qu'il marche à cette heure d'un pas ferme & assuré dans les traces de ſon illuſtre Predeceſſeur. Mais je veux qu'il ſache que je l'attens à la concluſion ; c'eſt là qu'il faut qu'il ſoit juſte, je le perdray d'honneur s'il ne répond bien à mon attente ; & afin qu'il ne s'y trompe pas, je luy envoye exprés le genie de la Calprenede ſous le bon plaiſir des Muſes & d'Apollon.

Alors parut un gros de Heros & d'Heroïnes, entre leſquels on reconnoiſſoit Orazie, Prazimene, Clytie, Berenice, Hermiogene, Scanderberg, Laodice Cytherée, Scipion, Tarſis, Rodogune, & Macariſe. Apollon étant effrayé du nombre les remit à une autre fois ; mais Clelie qui ſe ſentoit auſſi maltraittée que pas un de ceux qui avoient paru avant elle, voulut faire éclater ſon reſſentiment, & apres avoir ſalüé ce Dieu & les neuf Muſes ſes Sœurs ; De graces, dit-elle, qu'il me ſoit permis de me plaindre comme les autres, puis que j'en ay plus de ſujet que perſonne. Il y a, pourſuivit-elle, quelques années qu'il court un Roman ſous mon nom; on en a parlé dans le monde comme d'un ouvrage admirable, & la caballe luy a fait acquerir une reputation dont je ſouhaitterois qu'il fût digne. La relation que lon m'en a faite répond en quelque choſe à cette grande eſtime qu'on en a conceuë: On y remarque pluſieurs beaux endroits; les converſations y ſont belles, il y brille de temps en temps des traits de la galanterie la plus delicate. Mais quand j'examine de prés le Heros de ce Roman, je ne puis trouver des termes pour exprimer ſa baſſeſſe, & je n'ay jamais oüy parler de cadet de Normandie qui laiſſaſt une moindre idée de ſa perſonne & de ſa vertu. Repreſentez-vous un homme dont la fortune n'a point d'établiſſement certain, qui ſe rend à charge à tous ſes amis, qui diſne aujourd'huy chez l'un & demain chez l'autre, qui n'a ny train ny équipage, qui porte toûjours un vieux buffle gras, qui ne change de cravate que tous les huit jours, enfin un coureur d'Auberges qui loge à une troisiéme Chambre; voila le portrait d'Aronce, c'est là à peu prés comme on le conçoit, & parce qu'il est Fils de Porsenna Roy des Etruriens qui n'avoit pas dix mille liures de rente, & qui pouvoit d'un coup de chifflet appeller tous ses sujets, on me fait devenir sa conqueste. S'il en coûtoit quelque chose à un Auteur pour bien habiller son Heros, pour luy donner des équipages magnifiques, pour le loger dans un superbe Palais, & pour luy entretenir une table somptueuse; je pourrois croire qu'on n'auroit pas voulu se mettre en si grands frais pour Aronce; mais quand je considere que cette dépence n'est que d'imagination, je ne comprens pas comment on a refusé si peu de chose à mon Heros, si ce n'est pour étouffer sous tant d'indignitez la qualité d'Heroïne que j'ay si justement meritée.

Apollon eut pitié de cette illustre Romaine, & luy ayant fait un signe de tête obligeant, il se leva de sa place, & rassembla au tour de soy les Muses & les principaux du Parnasse pour deliberer sur les remedes necessaires à ces desordres, & ce fut dans cette celebre journée qu'il fit l'Ordonnance que voicy.

APOLLON PAR LA GRACE DE JUPITER, ROY DU PARNASSE ET DE L'HELICON : A tous presens & à venir, SCIENCE GALANTE. Comme il n'y a rien de plus detestable que les méchans Livres, qu'ils sont le fleau de l'esprit, le supplice des oreilles, la profanation des Presses, la ruine des Libraires, la roüille des belles Lettres, &c. Nous avons toûjours eu soin de les combattre comme les plus grands ennemis de la politesse & du bon goust. C'est pourquoy ayant appris par les plaintes de plusieurs personnes d'une delicatesse singuliere, qu'il y a des gens qui jurent sur leur cornet & sur leur ancre de persecuter toute leur vie le bon sens & la raison, & de gâter du papier & des plumes tant qu'il seront à bon marché; ce qui causeroit des desordres plus que Gotiques dans toute l'étenduë de nôtre Empire; Nous avons jugé necessaire d'y pourvoir par une reforme generale. A CES CAUSES, de l'avis de nôtre Conseil, & de nôtre certaine science, pleine puissance & authorité Divine, Nous avons dit, declaré & ordonné, disons, declarons, ordonnons & Nous plaist ce qui ensuit.

ARTICLE I.

VOulons que les Traducteurs ayent recours aux Originaux des Livres qu'ils traduiront; qu'à cet effet toutes Bibliotheques leur soient ouvertes pour en feüilleter les manuscrits; qu'ils fassent, s'il est necessaire, des voyages au Vatican, & que dans les difficultez qui les arrêteront, ils importunent tous les Savans de leur siecle pour s'en éclaircir.

ARTICLE II.

Confisquons toutes Epigrammes, Satyres, Epopées, Odes, Tragedies qui se trouveront en Prose, comme Marchandise de contrebande.

ARTICLE III.

Entendons que les Traducteurs rendent Martial sain & entier, &

leur enjoignons de ne rien oster à Petrone si l'envie leur prend d'y toucher.

ARTICLE IV.

Voulons que dans la salle des Grotesques il soit erigé une statuë en l'honneur de Scarron.

ARTICLE V.

Bannissons des Terres de nôtre Obeyssance le style vulgairement appellé de Nerveze & Des Escuteaux, & ordonnons que la Serre fera amende honorable à Seneque & à Tacite.

ARTICLE VI.

Interdisons tous Avocats, Citateurs, Clabaudiers, & Declamateurs.

ARTICLE VII.

N'entendons que les Pedans

faſſent lecture de Ciceron dans leurs Claſſes, ſupprimons tous leurs Commentaires ſur ſes Oraiſons, & deffendons de lire leurs Gloſes.

ARTICLE VIII.

Enjoignons à tous les Poëtes d'avoir de l'eſprit, leur permettons de s'habiller à leur fantaiſie; ordonnons neantmoins qu'ils peigneront tous les jours leurs perruques, qu'ils changeront deux fois de linge par ſemaine, & qu'ils feront décrotter leurs chauſſes.

ARTICLE IX.

Deffendons au galimatias de monter ſur le Theatre, & condamnons à vingt pieds pariſis de honte tous ceux qui feront le brouhaha mal à propos.

ARTICLE X.

Deffendons de mentir dans les Epiſtres Dedicatoires.

ARTICLE XI.

Supprimons tous les Panegyriques à la Montorron, & à la d'Aymery.

ARTICLE XII.

Deffendons à tous Marquis de quelque condition qu'ils ſoient, de faire des Sonnets & des Madrigaux en ſe peignant, & voulons que les Poëtes pouſſent fortement les grandes paſſions, quand tous les Comediens en devroient crever.

ARTICLE XIII.

Ordonnons que tous les Auteurs prendront de la poudre de bel eſprit dans les Bureaux qui ſeront par nous établis pour en debiter.

ARTICLE XIV.

Voulons que l'Academie Françoise punisse comme criminels de leze-Majesté Apollinaire ceux qui corrompront la pureté de la langue.

ARTICLE XV.

Etablissons en titre d'Office un Controolleur general de tous les titres des Livres.

ARTICLE XVI.

Ordonnons que tous les Politiques Visionaires laisseront le Turc en repos, & deffense à eux sur peine de n'être pas leûs, de le battre dans leur cabinet.

ARTICLE XVII.

Deffendons à tous faiseurs d'Odes & de Poëmes en l'honneur du Roy, d'envoyer sa Majesté sur les murs de Memphis & de Babylone.

ARTICLE XVIII.

Ne voulons que les composeurs de

de Romans fassent donner des soufflets à leurs Heroïnes, & abrogeons toutes sortes de nuditez.

ARTICLE XIX.

Declarons que nous ne reconnoissons point pour Heros tous ceux qui seront cocus, ny pour Heroïnes toutes les femmes qui auront esté enlevées plus d'une fois.

ARTICLE XX.

Supprimons de l'Ariane tous les mauvais lieux, & entendons que l'Histoire de Mariane soit reformée.

ARTICLE XXI.

Ordonnons que tous les Heros seront meilleurs Chrêtiens que Bassa, voulons qu'ils ayent au moins dix mille livres de rente, & condamnons les Auteurs à leur donner de grands équipages, & des habits magnifiques.

Voila Nicandre un compte exact de mon songe; si vous trouvez que je resve bien, je vous feray part de tous les autres qui m'arriveront, & dans peu de temps vous aurez l'Histoire de toutes mes nuits.

FIN.

EXTRAIT DV PRIVILEGE du Roy.

PAr Grace & Privilege du Roy donné à Paris le jour de l'an de grace 1667. il est permis à THOMAS JOLLY Marchand Libraire à Paris de faire imprimer un Livre intitulé, *Le Parnasse Reformé*. Et deffenses sont faites à tous autres de l'imprimer, vendre & debiter d'autres Exemplaires que de l'Exposant pendant cinq anneés, à commencer du jour que ledit Livre sera achevé d'imprimer pour la premiere fois, sur les peines & amandes portées par ledit Privilege, & suivant qu'il eſt plus amplement ſpecifié dans l'Original.

Achevé d'imprimer le 7. Février 1668.

Regiſtré ſur le Livre de la Communauté des Libraires & Imprimeurs de Paris, ſuivant & conformement à l'Arreſt du Parlement du 8. Avril 1663. & celuy du Conſeil Privé du Roy du 27. Février 1667. Fait à Paris le 19. Decembre 1667. Signé, THIERRY *Adjoint du Scindic.*

A PARIS,

De l'imprimerie de JEAN CUSSON.

www.ingramcontent.com/pod-product-compliance
Lightning Source LLC
LaVergne TN
LVHW020317230826
846091LV00003B/701

9782013561068